# 恋《こい》染《ぞめ》変《へん》化《げ》花絵巻



深山くのえ

小学館ルルル文庫

【暁平】
あきひら
十八歳。兵部卿宮《ひょうぶきょうのみや》。
今上帝《きんじょう》の異母弟。
「鵺《ぬえ》の宮」と
呼ばれている。
【坂上染子】
さかのうえのそめこ
十六歳。主筋の大納言《だいなごん》
源有道《みなもとのありみち》の依頼で
五節《ごせち》の舞姫を務める。
女房名は衛門《えもん》。

恋染変化花絵巻《こいぞめへんげはなえまき》 人物紹介
【秋の姫】あきのひめ
十七歳。参議《さんぎ》藤原宗宣《ふじわらのむねのぶ》の娘。
五節の舞姫を務め、
のちに登花殿《とうかでん》の
更衣《こうい》となる。
【源有道】みなもとのありみち
四十歳。大納言《だいなごん》。
麗景殿《れいけいでん》の女御の
後見を務める。
【和泉】いずみ
十六歳。
麗景殿《れいけいでん》の女房で、
染子の良き同僚。
五節の舞姫を務めた際は
夏の姫と呼ばれた。

イラスト／サカノ景子

# 恋《こい》染《ぞめ》変《へん》化《げ》花絵巻

生きているうちには、何か、思いもよらない出来事《できごと》に遭《あ》うこともあるだろう。

五節《ごせち》の舞姫《まいひめ》に選ばれた、それこそがまさに、自分にとっては思いもよらない出来事だった。

だから、それ以上のことなど、そう起こるはずはない。……ないと思っていたのだ。ついさっきまでは。

「あの、ちょっと……」

見知らぬ場所の見知らぬ光景が、飛ぶように過ぎていく。

自分は確かに、いままで舞姫の控《ひか》えの局《つぼね》にいた。今日は十一月の辰《たつ》の日。御所《ごしょ》ではこれから、豊明節会《とよのあかりのせちえ》が行われようとしているところだ。帝《みかど》と、数多の臣下が紫宸殿《ししんでん》に集《つど》い、酒などがふるまわれ、歌や笛が奏される。そのときには自分も、他の舞姫らとともに、五節舞を舞うのだ。……舞わなくてはいけない。なのに。

「下ろして……ねえ、下ろしてください、って……」

辺りの景色が疾走《しっそう》する。いや、走っているのは自分ではなく――自分を肩に担《かつ》いでいる、おかしな格好の公達《きんだち》。

公達、なのだろうか。わからない。わからないが、とにかく下ろしてほしい。下ろせなくとも、まず止まってほしい。

控えの局の付近では、すれ違《ちが》う人々が驚《おどろ》きの声を上げて、大騒《おおさわ》ぎになっていたが、自分を担ぎ上げた男は、人のいないほうへと向かっているようで、喧騒《けんそう》は次第《しだい》に遠ざかっていく。自分はどこに連れて行かれようとしているのか。そもそも、自分を担いで走っている、この人物は。

「あなた……あなたいったい、誰なんですか――!?」

御所を走りまわる見知らぬ男に担がれたまま、染子《そめこ》は必死に叫《さけ》んでいた。


事の始まりは、今年の豊明節会で五節の舞姫を務めてほしいという、大納言《だいなごん》源《みなもとのあり》有道《みち》からの依頼《いらい》だった。

毎年十一月中卯《う》の日、新嘗祭《にいなめさい》――その年の新穀を神に捧《ささ》げ、収穫《しゅうかく》に感謝する儀式《ぎしき》があり、その日を含む丑《うし》、寅《とら》、卯、辰の四日間、宮中では諸々《もろもろ》の行事が執《と》り行われる。

そのひとつが、はるか昔の帝のころ、吉野《よしの》に天女が降りてきたという言い伝えを由来とする五節舞で、新嘗祭の翌日の豊明節会において五節舞を奏上《そうじょう》するのが、五節の舞姫だった。舞姫は通常、公卿《くぎょう》と受領《ずりょう》の娘の中から四人、選ばれることになっているが、何しろ女人が人前に顔をさらすのは、はしたないという風潮である。結婚前の娘を大勢の前に出したい親も、喜んで引き受ける娘も、そうそういないのだが、重要な儀式の一端《いったん》を担《にな》う役目であり、場合によっては利がないわけでもないという。

そんな五節の舞姫に、今年選ばれたのは、右大臣藤原久高《うだいじんふじわらのひさたか》の娘、参議《さんぎ》藤原宗宣《むねのぶ》の娘、和泉守中原文康《いずみのかみなかはらのふみやす》の娘、そして前《さき》の若狭守坂上盛実《わかさのかみさかのうえのもりざね》の娘――染子だった。

染子の家は代々源氏《げんじ》の家に仕えており、主筋からの頼《たの》みを断るのは難しい。源氏の大殿《おおとの》の頼みならばと、染子は快く、しかし現在の坂上家の長《おさ》である染子の兄、左衛門《さえもんの》大尉《だいじょう》坂上芳実《よしざね》のほうは少々渋《しぶ》りながら、五節の舞姫を引き受けたのだ。

その日まで舞の練習を重ね、そして十一月の中丑の日、染子は後見役として有道が揃《そろ》えた介添《かいぞ》えの童女《わらわ》らとともに宮中へ入った。その夜には早速、常寧殿《じょうねいでん》において帝の御前《ごぜん》で舞を披露《ひろう》する帳台試《ちょうだいのこころみ》があり、翌寅の日には、今度は清涼殿《せいりょうでん》で行われる御《お》前試《まえのこころみ》で舞い、次いで卯の日、夜の新嘗祭に先立って、帝が舞姫の介添えである童女を御前に召《め》す童女御覧《ごらん》の儀式があり、この日だけは舞姫の出番もなかったが、最終日の辰の日には、いよいよ本番、豊明節会での舞の奏上となる。

豊明節会での出番は夜になるとのことで、常寧殿の中に用意された五節の局と呼ばれる控えの間で、染子は童女らとともに装束《しょうぞく》の確認などをしながら、静かに待機していた。

初めて入る御所の、華《はな》やかでありながら、どこかうっすらと粘《ねば》つくような雰囲気《ふんいき》。几帳《きちょう》で仕切られた中にいても、そこかしこから感じられる、好奇《こうき》の視線。帝の御前で失敗はできないという重圧——有道が頻繁《ひんぱん》に顔を出し、不自由がないようにと気遣《きづか》ってくれてはいたが、人前に姿を露《あら》わにするということ、そして五節の舞姫という役目を、もちろん軽く見ていたわけではないが、想像していた以上に大変な状況だと身を以《もっ》て痛感し、それでもどうにか目立った失敗もなく最後の一日を迎《むか》えられて、あと一度舞えば家に帰れると思っていたのだ。……ほんの少し前まで。

だが、染子はいま、御所の中を全力で駆《か》け抜《ぬ》ける男の肩に、荷物よろしく担がれていた。

ちなみに、いったい誰なのかという問いは、現時点まで無視されている。

……何なのよ。ほんとに何なのよ……！

暴れれば振《ふ》り落とされるのは確実なので、いまは見知らぬ男の肩で、ひたすら固まっているしかない。いったい何がどうして、こんな事態になっているのだろう。自分はただ、与えられた局にいただけだ。すると突然、几帳の外で童女たちの悲鳴が上がり、何事かと振り返ると——いたのだ。この男が。

風体《ふうてい》をよく見る暇《ひま》はなかった。それでもひと目で違和感《いわかん》を覚えたのは、男の姿が、少なくとも染子の知っている世間の男たちの格好とは、決定的に違うところがあったからである。

その男は、髪を結《ゆ》っていなかった。

そして、あろうことか、頭に冠《かんむり》も烏帽子《えぼし》も、何も被《かぶ》っていなかったのだ。

元服した男性が頭頂をさらすのは、とんでもない恥《はじ》とされている。それなのに内裏《だいり》で——そう、ここは内裏の内なのだ。そんな場所で、頭丸出しの男に遭遇《そうぐう》するとは。

周囲の童女たちも口々に驚きの声を上げる中、呆気《あっけ》に取られていた染子と男の目が合った。

……きれい。

刹那《せつな》、そう思ったのは、その男がまだ年若く、そして、とても整った顔立ちをしていたから。

だが次の瞬間、男は遠慮《えんりょ》する様子もなく几帳の内に踏《ふ》み込んでくると——いきなり染子を両腕でがっちりと抱《かか》え、そのまま肩に担ぎ上げると、いずこかへと走り出してしまったのだ。

その間、男はひと言も発することなく、そして染子も、自分の身に何が起きているのか、すぐには把握《はあく》できず、ようやく見知らぬ男に連れ去られようとしているのだと気づいたのは、一瞬だけ建物から出たのか、揺《ゆ》れる視界に明るい日の光を感じたときだった。

「下ろして。止まって……！」

いま、男は再び、どこかの建物の庇《ひさし》を走っている。染子の抗議《こうぎ》は、相変わらず無視だ。これはもう本当に、振り落とされるのを覚悟《かくご》で暴れるしかないか――そう考えたそのとき、男の足が、急に緩《ゆる》んだ。

二歩、三歩。……止まった。

「……」

まだ担がれたままながら、染子はほっと息をつく。吐《は》いた息が、辺りに白く漂《ただよ》った。

ここは、どこなのだろう。さっきまでいた常寧殿と、建物の雰囲気は似ているので、まだ御所の中ではあるようだ。……ただ、周囲に人の気配がないのだが。

と――ここで男が、ゆっくりと染子を下ろした。担ぎ上げたときの荒《あら》っぽい手つきとは裏腹の、今度はひどく丁重な扱《あつか》いである。

下ろされはしたものの、まだ驚きのほうが勝っていて、染子はそのまま、へなへなと床《ゆか》に座り込んでしまった。見上げると、若く美しい、しかし何度見ても間違《まちが》いなく頭丸出しの男が、伸《の》び上がるようにして、いま走ってきたほうを窺《うかが》っている。背中の中ほどまである、結いも束ねもされていない髪と、白い直衣《のうし》の袖《そで》が、寒風にはためいていた。よく見ると、直衣も指貫《さしぬき》も、上等な絹だ。何故《なぜ》か襟元《えりもと》を崩《くず》しているが、頭を相応に整え、身なりもきちんとすれば、きっと、誰もが振り返り目を見張るような、立派な公達だろう。……もっとも、このままでも別の意味で、誰もが振り返り、目を見張るとは思うが。

途惑《とまど》いながら、染子が美形だが珍妙《ちんみょう》な男を眺《なが》めていると、ふいに男が振り向いた。

そして、にっこりと笑う。

「寒くない？」

「……は？」

十一月も半ばを過ぎた、雪も降り始める時季だ。寒くないわけではないが、いまはそれどころではない。

「寒いよねぇ。火桶《ひおけ》でも持ってくればよかったなぁ」

「……あの……あなたは、どちら様ですか……？」

格好がおかしくても、着ているものからして下々の者だとは考えられない。だが、この格好で宮中にいられるのも変だ。とにかく正体が知りたかったのだが。

「私？」

男はきょとんとして、首を傾《かし》げる。

「さぁ。私はどこのどちら様だろう?」

「……」

もしや、おかしいのは格好だけではないのだろうか。

しかし様子は妙《みょう》でも、不思議と怖《こわ》い感じはしない。それだけが救いだが、このままでもいられまい。

「えっと……あの、わたし、五節《ごせち》の舞姫で……」

「あっ、そうだよね!」

役目があるからいますぐ元の場所へ帰してほしいと頼む意図で名乗ったのに、男はぱっと目を輝《かがや》かせ、染子の隣《とな》りにしゃがむと、顔を覗《のぞ》き込んできた。……近い。顔が近い。女人が顔をさらすのは云々《うんぬん》という世間の常識も、もしかすると知らないのか。

だが——

「きみは、冬の舞姫だよね」

「えっ。……あ、そう……です」

満面の笑み。……こちらは何も、気にしていないらしい。

「いいねぇ。すごくきれいだったよ。みんなは春の舞姫ばっかり見てたけど、きみが一番きれいに舞《ま》ってた。本当に天女みたいだったよ」

「……あ、ありがとう、ございます……？」

今年の五節の舞姫四人と、それに従う童女らに、それぞれ四季を当てはめた装束を用意しようと言い出したのは、右大臣藤原久高だという。童女らが着る袿《うちぎ》や汗衫《かざみ》は、舞姫を献《けん》じる者各々《おのおの》の好みで決められる。しかし舞姫の装束は、帳台試、御前試、豊明節会《とよのあかりのせちえ》で、それぞれ違うものを着ることになっており、組み合わせや色目は、概《おおむ》ね決まっていた。それなのに、どこで季節の違いを出すのかと思えば、どうやら頭に挿《さ》す櫛《くし》の装飾《そうしょく》、舞に使う扇《おうぎ》や地摺《じずり》の裳《も》の絵などのことだとかで、舞姫を献じる四人の中で最も位の高い久高の提案は、そのまま決定事項となり、当然の如《ごと》く、久高の娘が一番華やかな春を担うことになった。そして次に位の高い参議藤原宗宣の娘が秋、和泉守中原文康の娘が夏、現役の国守《こくしゅ》ではない、前の若狭守である坂上盛実の娘――染子が、もはや選択《せんたく》の余地なく、最後に残った冬の舞姫である。

別に、不満はなかった。冬が嫌いなわけでも、目立ちたいわけでもない。むしろ目立たないほうが、万が一何か失敗をしても、注目されずにすむだろうと思っていた。

実際、人々の目は、春の舞姫――右大臣の娘に向けられていた。女の目から見ても艶《あで》やかな美女で、この役目の後には尚侍《ないしのかみ》に任じられ、帝《みかど》の側に仕えることが決まっていると聞いても、あの美貌《びぼう》ならばと納得《なっとく》がいった。久高も娘が帝の寵愛《ちょうあい》を得ることを期待して、あえて舞姫に献じて尚侍への足掛《あしが》かりを作ったのだろう。

言ってみれば今年の舞姫は、右大臣の娘とその他三人、という配置なのだ。

だから面食《めんく》らった。屈託《くったく》のない子供のような笑顔で、天女のようだったと言われて。

……あ、でも、褒《ほ》められたのは、舞だし……。

そうだ。いま、きれいだと言われたのは、舞のことだ。姿かたちのことではない。

たくさん、たくさん練習した舞を、褒めてもらったのだ。染子は自分に言い聞かせるように頷《うなず》いて、高鳴りかけた鼓動《こどう》を、どうにか落ち着かせる。

「もったいないよねぇ。きみが後ろで舞ってるなんて。前に出ればいいのに」

「そ、そんな……」

とんでもない。公卿《くぎょう》らの娘を押《お》し退《の》けて前に出るなんて、そんな身のほど知らずな真似《まね》は、冗談でもできない。

染子が慌《あわ》てて首を横に振ると、男は声を立てて笑った。

「本物の天女は、慎《つつ》ましいね。一番可愛《かわい》くて一番上手《じょうず》に舞うのに、後ろでいいなんて」

「……」

今度こそ、頰《ほお》に血が上った。聞き間違いでなければ、いま――いや、まさか。急に気恥《きは》ずかしくなってきて、染子は扇で顔を隠《かく》そうとする。……ない。

「あれ、どうしたの？」

「扇が……」

担《かつ》がれたとき、落としてしまったのか。

「あー、持ってたねぇ。松に雪の絵の」

のんびりと言いながら、男は直衣の懐《ふところ》をさぐり、たたんだ檜扇《ひおうぎ》を取り出した。冠は被っていないのに、扇は持っていたらしい。

「はい、あげる」

「え？」

「いいよ、使って」

「……」

そもそも扇を落としたのはこの男のせいなのだから、借りてもいいだろう。染子は小声で礼を言い、おそるおそる扇を広げた。

檜扇には、咲《さ》き初《ぞ》めの白梅が描《えが》かれていた。顔の前にかざしてみると、微《かす》かに甘いやわらかな香りが、鼻先にふわりと匂《にお》う。

「……」

染子はそっと目を上げ、あらためて男の顔を見た。

傾《かたむ》き始めた西からの日差しが、整った輪郭《りんかく》を尊いもののように淡く照らしている。

辺りは静かで、ただ鳥の鳴き声だけが聞こえていた。

ここがどこかはわからない。ただ、ここには二人きりだった。

三日前からずっと人目にさらされ続け、休んでいても気は張ったまま。五節の舞姫とはそういう役目なのだと耐《た》えていたが、正直、疲れ切っていた。

いま、人の目はない。

隣りに一人、無遠慮《ぶえんりょ》に顔を見つめてくるおかしな男はいるものの、あの品定《しなさだ》めするような視線の数々と、本当に遠慮がないのはどちらなのかと考えれば、ただにこにこ笑っているこの男の目のほうが、はるかに労《いたわ》りを感じられる。

……変なの。

正体の知れない男にさらわれて、安心して休んでいられるなんて、自分も充分《じゅうぶん》おかしいのかもしれない。そう思うと、何だかこの男を、妙な人物だとも見られなくなってきた。

「……訊《き》いていいですか？」

「んー？　何？」

「冠《かんむり》、どこかにお忘れになったんですか？」

「あ、これ？」

男はおどけた仕種《しぐさ》で、自分の頭をとんとんと叩《たた》く。

「うーん。嫌いなんだよねぇ、被《かぶ》り物」

「嫌い？」

「邪魔《じゃま》だよ？　御簾《みす》をくぐるとき引っかかるし、夏は暑いし」

「……はぁ」

言われてみれば、この男、背が高かった。この上背で烏帽子《えぼし》など被ったら、それはたしかに、あちこちに引っかかるだろうが。

「でも、何か被りなさいって、誰かに叱《しか》られたりしませんか？」

「前はよく怒られてたけど、最近は誰も何も言わなくなったなぁ」

それはたぶん、言っても聞かないので諦《あきら》められたのではなかろうか。

「でもさ、女の人は何も被らなくていいでしょ。子供も。あと坊《ぼう》さんも」

「……お坊様は、留める髪がありませんからね」

「男だけ、元服《げんぷく》したら頭は隠せって言われてもねぇ」

「元服、されてるんですか?」

「ずっと前にしてるよー。もう十八だし」

二つ年上だった。いや、どう見ても年上だとは思ったが。

「えっと……今日は、どちらからいらしたんですか?」

「あっち」

男が指さしたのは、南のほう。……それではわからない。

「わたしたちの舞、いつ御覧《ごらん》になりました?」

「一昨日の夜だねー。灯《あか》りをたくさん点《とも》してたから、よく見えたよ」

寅《とら》の日だ。清涼殿《せいりょうでん》での御前試《おまえのこころみ》で、帝が御覧になるということではあったが、他にも女官や女御《にょうご》らに仕える女房《にょうぼう》たちなどが大勢見物していたし、昼間は殿上人《てんじょうびと》らの酒宴《しゅえん》もあったはずだ。

染子は目を見開いて、男の顔をじっと見た。

御前試での舞を見たということは、この男が、清涼殿への昇殿《しょうでん》を許された立場だという意味に他《ほか》ならない。となると、この平気で頭頂をさらしている男は。

……まさか、殿上人……?

本当にこの男、いったい何者なのか。もう一度問うても、またはぐらかされるのだろうか。

途惑《とまど》いに揺《ゆ》れる染子の視線に返されたのは、息をのむほど美しく、やさしい微笑《びしょう》。

その瞬間、ふっと何かが心の表に浮《う》かび――しかしそれをすくい取る前に、穏《おだ》やかな静寂《せいじゃく》は、うんざりするほど聞き慣れた声に破られた。

「染子ぉぉ――――！　どこだー!!」

悲鳴のように叫《さけ》びながら、手足をばたつかせて渡殿《わたどの》を駆《か》けてくるその姿に、染子は思わず、がっくりとうなだれる。隣りの男が、あれ、と素《す》っ頓狂《とんきょう》な声を上げた。

「もう見つかったかぁ。早いなぁ。……あれ、左衛門尉《さえもんのじょう》かな？　そうそう、たしか左衛門大尉だ。きみの知り合い？」

「……わたしの兄です」

「へー、きみ、左衛門尉の妹だったんだ」

捜しに来たのだろうが、あれはない。染子は大きくため息をつき、のろのろと立ち上がった。

「――兄様！」

「あ、染子！　無事かっ!?　まさか怪我《けが》なんか……」

「そんなことより、やめてください。外で人の名前を大声で呼ぶなんて、何考えてるんですか」

「……あっ」

あたふたと走ってきた染子の兄――芳実は、妹の側にだらりと足を投げ出して座っている男を見つけると、しまったという表情で、慌てて口を押さえる。その顔色が、みるみる青ざめていった。

「きっ……聞こえ……」

「ふーん……。きみ、染子っていうのかぁ」

男は面白そうに染子と芳実を交互《こうご》に眺《なが》め、芳実は頭を抱《かか》えてその場にしゃがみ込む。

普通は女の名など、必要がなければ他人に教えないし、人前でも呼ばないものだ。結婚してから夫が妻の名前を知るということも、珍《めずら》しくないくらいである。それを、よりによって御所《ごしょ》の内で、兄が妹の名前を大声で叫びながら走りまわるとは。

「兄様、最低……。いっつもわたしに小言ばっかり言うくせに」

「うっ……。あー、いや、その、名前は……あー、この付近に来てからしか、呼んでない……はず……」

「ひどい言い訳。姉様たちに言いつけてやるから」

「……すまん……」

平伏《へいふく》せんばかりに妹に頭を下げる兄に、原因を作った男が、からからと笑う。

「いいなぁ。楽しそうだなぁ。妹がいると楽しいのかな。ああ、そういえば、私にも妹はいたなぁ。会ったことないけど」

そのまったく緊張《きんちょう》感のない口調に、芳実は勢いよく頭を上げ、まだ青ざめたままながらも、恨《うら》めしげに男を見た。

「……い、妹をお返しください。鵺《ぬえ》……いや、兵部卿宮様《ひょうぶきょうのみや》」

「え？」

「――ああ、ここだったか」

またも聞き覚えのある声がして、兄の後ろから、黒い袍《ほう》の束帯《そくたい》姿の、四十歳ほどの公卿がやってきた。

「亜相《あしょう》様……」

染子に五節の舞姫の役目を頼んできた、大納言《だいなごん》源有道だ。

「やれやれ宮は相変わらず足がお速い。――やぁ、三の君。災難だったね」

「あの、亜相様、こちらの方は……」

兄は頭丸出しの男を、兵部卿宮と呼んだ。宮と呼ばれたと言うことは。

「ああ、こちらは兵部卿宮暁平親王《あきひらしんのう》だよ」

「……」

やはり、そうだ。染子は呆然《ぼうぜん》と、美しくもおかしな格好の男を見下ろす。

兵部卿宮暁平親王。……帝《みかど》の、弟宮。

何故気づかなかったのか。参内している誰もが一日晴《いちにちはれ》の衣冠《いかん》束帯を身に着けている中で、たった一人の直衣《のうし》姿。冠のこともそうだが、普通は許されるはずがない。このような格好でもここにいられるのは、臣下の身分ではなかったから。

有道によって正体を暴《あば》かれた男が、染子に向かって、再びにっこりと笑う。

「どうやら、そういうことらしいよ？」

「……」

この人が、親王――

染子はただ、ぽっかりと口を開けているしかなかった。


「よくもまぁ、もとは小さな女人とはいえ、これだけの装束《しょうぞく》を着た子を担いで走りましたよ」

呆《あき》れているようにも感心しているようにも聞こえる口調で言った有道に、おかしな格好の男――いや、帝の異母弟《いぼてい》だという兵部卿宮暁平親王は、いかにものん気そうに笑った。

「軽かったよー？　いまだって、負《お》ぶってあげてもいいのに」

「いえ、遠慮《えんりょ》いたします」

染子が返事をするより早く、芳実が青い顔で即答《そくとう》する。

暁平に担がれ、さんざん後宮《こうきゅう》の内を走りまわられたと思いきや、有道の説明によると、どうやら近いところを複雑にぐるぐるとまわった挙句、現在は無人の桐壺《きりつぼ》と呼ばれる殿舎《でんしゃ》で下ろされたのだという。もっとも、そう言われても、染子にはどこに何の建物があるのか、さっぱりわからない。

とにかく、もう戻《もど》らなければ、落ち着いてこの後の出番に備えられないだろうということで、有道、芳実とともに、染子は常寧殿《じょうねいでん》に帰ることにしたのだが、何故《なぜ》かまだ、暁平がついてくる。

「まぁ、藤壺《ふじつぼ》や梅壺《うめつぼ》のほうには行かないでくれて、よかったですよ」

「あっちは行かないよー。怖《こわ》いからね」

有道はずっと、暁平と普通に会話している。日ごろから親しい様子だ。

廊《ろう》を通り抜《ぬ》け、どこかの殿舎の廂《ひさし》に入ると、人々のざわめきが近くに聞こえてきた。

　すると、そこで隣《とな》りを歩いていた暁平が、足を止める。

「──じゃあね、小染《こそめ》の君」

「え？」

　見上げると、暁平は染子に手を振《ふ》り、踵《きびす》を返そうとしていた。いま、何と言ったのだろう。

「あの、宮……様？」

「私はもう行くから。舞《まい》、頑張《がんば》ってねー」

「あ、待っ……これ、扇《おうぎ》を」

　借りたままだった。

　染子が白梅の扇を返そうとすると、暁平は、今度は両手を振る。

「あげるってば。持っててよ」

「え……」

　さっきもあげるとは言っていたが、どうも本当にくれるつもりらしい。

　染子は扇を手に、ちょっと上目遣《うわめづか》いで暁平を見た。

「あの、宮様は、節会《せちえ》には……」

「私は出ないよー。あ、でも、きみの舞は見るよ。どこかからこっそりね」

「……」

格好はおかしくても、身分が皇子《おうじ》ならば、節会に参加できないことはないはずだ。舞だって、こそこそせず、どこかに席を設《もう》けて見物できるだろうに。

そう思ったが、暁平はにこりと笑うと、途惑う染子の頭をぽんぽんと軽く二度叩き、目線を合わせるように、少し背を屈《かが》めた。

「連れまわしてごめんね。……それじゃ」

言うが早いか、暁平は風のようにどこかへと走り去っていってしまった。

「……」

それまでずっと、暁平は頭の上から抜けるような、甲高《かんだか》い声で喋《しゃべ》っていた。

ごめんね、と。……いまの言葉だけ、おそらく年相応の、低く落ち着いた声に聞こえたのは、何故だろう。

「染子。……おい、染子っ」

「……え？」

兄に呼ばれるまで、染子は暁平の後ろ姿を、ぼんやりと見送っていた。

「おまえ、本当に大丈夫だったのか。その、何かされたり……」

有道のほうを気にしながら、芳実が染子に小声で詰《つ》め寄ってくる。

「何かって何？　たしかにびっくりしたけど、さっきの場所ではお話ししてただけよ」

「お話しって……おまえ、お話しできたのか？　あの兵部卿宮と」

「できたわよ。ちょっと不思議な方だったけど、悪い方でも怖い方でもなかったわ」

「ちょっと……あれでちょっとって……」

何故か芳実はがっくり肩を落とし、こちらの様子を窺《うかが》っていた有道は、短く笑った。

「そうか。三の君は兵部卿宮が怖くなかったか」

「怖い方なんですか？」

「いいや、ちっとも。しかし、あの身なりだからな。まぁ、好んで近づきたがる者は少ないな」

「……そういうことですか」

たしかに、いくら皇子でも、あの格好を見て良い顔をする人は、あまりいないかもしれない。

「三の君には驚《おどろ》かせてすまなかったが、宮が悪い方ではないのは本当だから、今日のことは私に免《めん》じて許してくれるか」

「あ、はい。わたしは気にしてませんから……」

少しのあいだ、息抜《いきぬ》きができたのも事実だ。

染子が慌《あわ》てて両手を振ると、有道はほっとした顔で頷《うなず》いた。

「では戻ろう。少し髪が崩《くず》れてしまったな。付き添《そ》いの者たちに直させてくれ」

「はい」

何やら一人納得《なっとく》いかない様子の芳実のことは有道に任せ、染子が自分の局《つぼね》に戻ると、介添《かいぞ》えの童女たち、有道が手配してくれた手伝いの女房《にょうぼう》たちが、一斉《いっせい》に視線を向けてきた。その目はどれも、好奇《こうき》と恐《おそ》れに満ちている。……無理もない。頭丸出しの皇子に突然連れ去られた舞姫《まいひめ》が、帰ってきたのだ。どうしたって注目するだろう。案外、この中で一番驚いていないのは、自分かもしれない。

「ちょっと――あなた！　冬の君！」

何だか妙《みょう》な空気が流れる中、隣りの局との区切りに置かれていた几帳《きちょう》がぱっと押《お》し退《の》けられ、若い女人が駆け込んできた。その装束は自分と同じ、右肩に赤紐《あかひも》の付いた青摺《あおずり》の唐衣《からぎぬ》に蘇芳《すおう》の裳《も》、衵《あこめ》装束の――

「……あ。夏の……君？」

和泉守《いずみのかみ》の娘――夏の舞姫だ。

夏の舞姫は染子の両肩を摑《つか》むと、心配そうに上から下まで眺めまわす。

「あなた大丈夫だったの!? 驚いたわよ、急に大男に担《かつ》がれて、どこかに行っちゃうんだもの……! 怪我《けが》してないの? 平気?」

「へ、平気。大丈夫……」

その勢いのほうに驚きつつ、染子は何度も頷いてみせた。

「あの、何でもなかったの。あの方、兵部卿宮様で」

「……えっ?」

その名を出した瞬間、また周囲の空気が凍《こお》りつく。

「あ……あれが、ぬ……兵部卿宮、様?」

「そう仰《おっしゃ》ってたわ。亜相様……源大納言《げんのだいなごん》様も……」

「……もともと知り合い……?」

「じゃ、ないわ。初めてお会いしたの」

「そ、そう……」

夏の舞姫は若干《じゃっかん》顔を引きつらせつつも、大きく息をついた。

「ま……まぁ、無事ならよかったわ」

「……心配してくださったの?」

「そりゃ、同じ舞姫だもの。まだ一緒《いっしょ》に舞うんだし、心配くらいするわよ」

愛嬌《あいきょう》のある、明るい顔立ちの舞姫が、当然だというふうに、ちょっと唇を尖《とが》らせる。

他の舞姫と話す心の余裕《よゆう》も、それ以前に話ができる雰囲気《ふんいき》もなく、最後の日を迎《むか》えたが、この和泉守の娘は、こんな状況でも気遣《きづか》ってくれる器量の持ち主だったようだ。

染子は思わず、顔をほころばせる。

「ありがとう。あなた、やさしいのね」

「は？　……や、やだ、何言ってるの！　普通よ。普通でしょ」

照れたのか、夏の舞姫は赤面しつつ、扇で染子をぶつ真似《まね》をして——ふと、何かに目を留めた。

「……あなたの扇、梅の絵だった？」

「あ、これは別ので……あっ」

そうだ。舞に使う飾《かざ》り紐のついた扇は、どこかに落としてしまっていたのだ。冬の舞姫が、春を告げる梅の扇を使うのは、まずいだろうか。

「舞に使うの、落としちゃったみたいで……」

「やだ、どこに？　捜さなきゃ——」

「……あの」

童女《わらわ》らの人垣《ひとがき》の後ろから、控《ひか》えめに声がかけられた。

「これ……あなたの扇……」

いかにもやさしげな細い女人の声に振り向くと、声のとおりにたおやかで色白な美女が、松に雪の絵の扇をかざして立っていた。あれは——参議《さんぎ》藤原宗宣の娘。

「秋の君じゃない。藤宰相《とうのさいしょう》の中《なか》の君……」

夏の舞姫が、独り言のようにつぶやく。たしかに、秋の舞姫だ。

「あなたが……拾ってくださったの？」

「わたくしの局の前に落ちていたから……」

秋の舞姫は童女らを掻《か》き分け、静かに入ってくると、染子に扇を差し出した。

「あ……ありがとう。助かったわ」

「戻ってこられてよかった……」

扇を受け取ると、秋の舞姫はようやく耳に届くくらいの、ささやくような声で言い、微笑《ほほえ》みながら染子と夏の舞姫に会釈《えしゃく》をして、自分の局に戻っていく。菊の花に似た、やわらかな香りが残った。

付き添いの女房に頼むのではなく、わざわざ自ら出向いてくれたということは、秋の舞姫も、心配してくれたのかもしれない。

「あー……あの方もいい人でよかったぁ……」

「おとなしそうだけど、美人よね。……ね、聞いた？　秋の君、この後、更衣《こうい》になるらしいわよ」

「え、そうなの？　あの——春の君じゃなくて？」

「そっちは尚侍《ないしのかみ》でしょ」

夏の舞姫は自分の扇を大きく広げ、口元を隠《かく》すようにして声を落とす。

「……あのね、主上《おかみ》が、秋の君を見初《みそ》められたんですって」

「えっ？」

「最初の丑《うし》の日に。……帳台試《ちょうだいのこころみ》で秋の君を御覧《ごらん》になって、お気に召《め》されたらしいわ」

「……は——……」

たしかに右大臣《うだいじん》の娘は美人だが、こちらの姫君も雰囲気は違えど美人だ。いずれを好むかは人それぞれだろうし、帝《みかど》ならば双方《そうほう》を側に召しても、誰も文句は言うまい。

「すごいわねぇ。でも、納得《なっとく》できるわ。きれいな人だもの」

「そうね。納得はできるけど、ここで更衣になるのも大変でしょうね」

「大変なの？」

「そりゃそうよ。だって……」

「——失礼いたします」

夏の舞姫の話を遮《さえぎ》るように、見慣れぬ年かさの女房が、局に入ってきた。

「六の君、こちらにおいででしたか。そろそろお支度をしませんと……」

「あ」

気がつくと、辺りは薄暗くなっていた。五節舞《ごせちのまい》は夜だ。こちらも支度しなければ。

「やだ、長居してごめんなさい。戻《もど》るわ」

「ううん。……じゃあ、また後で」

「ええ、後でね」

夏の舞姫はそそくさと自分の局に戻っていき、そのころには、妙に硬かった周囲の雰囲気が、幾分和《いくぶんやわ》らいでいた。

「あ……では、三の君も、いま一度、髪などを整えましょう」

「はい、お願いします」

付き添いの者たちが、各々《おのおの》染子の装束《しょうぞく》の着崩《きくず》れを直したり、頭に飾る櫛《くし》や日陰《ひかげ》の鬘《かずら》を持ってきたりと、慌《あわただ》しく動き出す。静かだった童女らも、つられて右往左往し始め、一見何事もなかったかのように、染子の周辺は今年の新嘗祭《にいなめさい》最後の儀式《ぎしき》に向かっていた。

紫宸殿《ししんでん》南側の庭に設《しつら》えられた舞台へ、右大臣の娘を先頭に、春夏秋冬四人の舞姫が、楽の音とともに順に進み出る。

春の舞姫が、すまし顔で前へ。秋の舞姫がその横へ遠慮《えんりょ》がちに並び、二人の後ろに夏の舞姫と染子がついた。夏の舞姫は染子のほうを横目に見てちょっと笑い、染子も同じく、微笑《びしょう》を返す。

……これで、最後。

常寧殿《じょうねいでん》の局を出て、ここに来るまでのあいだにも、何とかの宮にさらわれただの、連れ去られただの、そこかしこからささやく声は聞こえていた。思わぬことで注目される破目になってしまったが、不思議と心は落ち着いていた。

何も気にすることはない。自分はただ、舞えばいい。……あの兵部卿宮《ひょうぶきょうのみや》も、きっとどこかで見ていてくれる。

庭には篝火《かがりび》が焚《た》かれ、居並ぶ群臣の姿も照らされていた。

楽の音と歌に合わせて、ゆっくりと扇《おうぎ》をかざす。頭から垂らした日陰鬘が、夜風に揺《ゆ》らめいた。歌は天高くに響《ひび》き渡《わた》り、余計なざわめきを掻き消していく。

ただ、舞えばいい。歌を聴《き》き、練習のとおりに。それでいい。

……きっと、見てくださってますよね。

どこかからこっそりとでも、見ていてもらえるのなら。

袖《そで》を大きく翻《ひるがえ》し、長く引いた裾《すそ》を巻き込まぬよう、ゆるやかに、すべるように動く。

最後の五節舞。

染子はいつのまにか、ただ一人のことを考えながら舞っていた。

「……鵺《ぬえ》の宮？」

染子は糫餅《まがりもちい》を口に運ぼうとしていた手を止め、兄の言葉を聞き直した。

「そうだ。あの兵部卿宮は『鵺の宮』と呼ばれているんだぞ」

「鵺って……鵺鳥のこと？　あの、夜になると物悲しそうに鳴いてる……」

「その鵺だ」

「何だか怖《こわ》いわね。鵺って、鳴き声が不気味だから、良くない鳥だって言われてない？」

そうつぶやいたのは、染子の長姉、縫子《ぬいこ》である。

「鵺鳥はともかく、宮様は全然怖い方じゃなかったってば。兄様、嘘《うそ》でしょ？　あの宮様が、そんなふうに呼ばれてるなんて」

「私も聞いたことがあるわよ、その呼び名。内裏《だいり》と二条《にじょう》の掛《か》け持ち女房してる子が、話してたわ。帝の弟宮はずいぶん変わった方で、あんまりおかしなことばかりなさるから、鵺の宮と呼ばれてるって」

染子の反論を、次姉の織子《おりこ》が遮った。

「えー……本当？」

「少なくとも、そう呼ばれてるのは本当ってことでしょ。それに、現に五節の舞姫を抱《かか》えて走りまわるなんて、はっきり言ってしまえば、尋常《じんじょう》じゃないわよ」

「……まぁ、それは……」

染子が無事に五節の舞姫の役目を終えた翌日、坂上家には兄妹《きょうだい》四人が集まっていた。

坂上家は、南側が二条大路《にじょうおおじ》、西側が西洞院《にしのとういん》大路に面した場所に一町の広さの敷地《しきち》を持つ源有道邸《てい》の、冷泉小路《れいぜいこうじ》を挟《はさ》んだ北側の土地の一角にあり、両親が揃《そろ》って家司《けいし》、女房として有道邸で働き、また縫子は結婚して家を出ているため、普段は芳実、織子、染子の三人が、数人の下働きの者たちを雇《やと》って暮らしている。

今日は染子を労《ねぎら》うために、縫子が唐菓子《からくだもの》持参で来訪し、最近有道邸に通いの女房として働き始めた織子も、有道の北の方からの心遣《こころづか》いだという、餅や木菓子《きがし》を預かって戻ってきて、ちょっとした宴会《えんかい》の様相となっていたのだが。

「御身分《ごみぶん》が御身分であるから、そのような呼び名が広く知れ渡るのは、もちろん良くないことだが、知られてしまっているのも、事実だ」

芳実は妹たちの前にどっかりと腰を据《す》えて、難しい顔で腕を組んでいる。

「でも、染子は怖くないいと思ったんでしょ？」

「うん。格好はびっくりしたけど」

「話には聞いてたけど、本当に何も被《かぶ》ってないなんて、すごいわよね……」

「——だから！」

芳実が拳《こぶし》で、自分の膝《ひざ》を叩《たた》いた。

「さっき織子が言ったとおり、あの宮様は尋常ではない方なんだ。身なりも行動も、何もかも」

「でも、初めからそういう方だったわけじゃないとも聞いたけど？」

そう言いながら、織子が染子の前に置いてある皿から糫餅を摘《つ》まみ、口に入れる。

「ああ、それは……そうなんだが……」

芳実は貫禄《かんろく》を出すためにと伸ばし始めた、しかし二十七歳という年のわりには童顔気味なのでまったく似合っていない顎鬚《あごひげ》を、擦《こす》りながら話し出した。

暁平は、先の帝の第二皇子《おうじ》として生まれた。母は有道の妹である、前《さき》の麗景殿《れいけいでん》の女御《にょうご》。子供のころは言動に特に問題はなく、それどころか聡明《そうめい》で快活、文武に秀《ひい》で琴《こと》や笛をよく嗜《たしな》み、非の打ちどころがないほどだったという。父親である当時の帝からもたいへんに可愛《かわい》がられ、そのころすでに、七つ年上の第一皇子が東宮《とうぐう》に決まってはいたが、その次の東宮はきっと暁平だろうと、世間でささやかれているくらいだった。

一変したのは、六年前。十二歳のとき、乗馬中に落馬してしまい、幸い怪我《けが》らしい怪我はなかったものの、頭でも打っていたのか、それ以来、元服をしても冠《かんむり》を被りたがらない、夜中に鳥の鳴き真似《まね》をして皆を驚《おどろ》かせる、屋根に登って大声で歌う――等々、異様な言動が見られるようになってしまったのだ。

帝は嘆《なげ》き悲しみ、どうにかして暁平を治そうと手をつくしたが、何をしても甲斐《かい》はなく、結局現在に至るまで、暁平は尋常ではないまま。いつしか人々に『鵺の宮』と呼ばれるようになったのだという。

「……つまり、その鳥の鳴き真似っていうのが、鵺鳥の真似だったの？」

染子は小皿に松の実と餅を取り分けながら、小さく首を傾《かし》げる。

「そうらしい。……まぁ、不気味だとか、不吉《ふきつ》だとかいう意味合いもあるようだが」

「馬から落ちさえしなければ、立派な宮様だったのね。お気の毒だわ」

「そうね。もったいない……」

縫子と織子が糫餅をかじりながらも残念そうに顔をしかめ、染子も大きく頷《うなず》いた。

「とってもきれいな宮様だったのよ。おかしくても全然怖くなかったのは、やっぱりもともと好《よ》い方なんだと思うわ」

「おい、染子……」

顎鬚を引っぱっていた芳実の手が、ぱたりと膝に落ちる。

「おまえ、一時でもさらわれたんだぞ？　あんなところで騒《さわ》ぎを起こされたんだぞ？　のん気に好い方だとか言ってる場合か」

「怖くなかったって言ってるじゃない。それに、兄様こそ大騒ぎして、わたしの名前大声で……」

「そ、そのことは謝っただろう！」

妹たちの冷ややかな目に、芳実はあたふたと両手を振《ふ》って、染子の言葉を遮った。

芳実が御所《ごしょ》で染子の名を不用意に連呼したことは、真っ先に縫子と織子に報告済みであり、芳実はすでに、妹たちからこってりと絞《しぼ》られている。

「とにかく、兵部卿宮は、おまえが考えているほど無害な方ではないんだ。昔がどうあれ、兵部卿宮には皆が迷惑《めいわく》している」

「何よ、兄様は宮様が嫌いなの？」

「あれでどうやって好もしく思えというんだ？」

芳実は再び、両の膝を叩いた。

「私が配下の者たちと夜中に巡回《じゅんかい》していれば、獣《けもの》の毛皮を被って脅《おど》かしに現れるわ、気味の悪い声を上げて後ろからついてくるわ、何事もなく巡回を済ませたと思えば、うちの陣《じん》で寝ているわ……よりによって梨壺《なしつぼ》にお住まいだから、しょっちゅう現れる。いったいあの宮に、何度寿命《じゅみょう》を縮められたことか！」

芳実が拳を握《にぎ》りしめて力説すると――妹たちは、それぞれ菓子を持った手を止め、ぽかんと口を開ける。

「脅かされたから、宮様が嫌いなの？　そもそも兄様だって、宮様のそういうことは承知で巡回してるんでしょ？　いつものことなら、いちいち驚くことないじゃない」

「そうよね。それに兄様、左衛門大尉《さえもんのだいじょう》になって、もう一年経《た》つのよ。せっかく二条の大殿《おおとの》がお引き立てくださってそのお役目に就《つ》けたのに、その程度で怖がってて、これからやっていけるの？　これじゃ、宮様にさらわれても動じなかった染子のほうが、よっぽど度胸《どきょう》あるじゃないの」

「……」

二条の大殿とは、有道のことだ。

妹二人の容赦《ようしゃ》ない言い様に、芳実が世にも情けない顔で肩を落とす。

「し……しかし……実際に遭遇《そうぐう》すると、物《もの》の怪《け》が出たかと……」

「物の怪だと思ったら、余計怯《おび》えてちゃ駄目《だめ》じゃない」

「落ち着いて対処しないと、警固にならないわよね」

「……」

昔から芳実は、年下の縫子と織子に、何故《なぜ》か口で勝てた例《ため》しがない。染子は胡麻《ごま》が練り込まれた餅を食べながら、威勢《いせい》よく兄を叱咤《しった》する姉たちを、よくぽんぽん言葉が出てくるものだと、感心して眺《なが》めていた。

「ま……まぁ、私のことは、もういい」

芳実はわざとらしい咳払《せきばら》いで、強引《ごういん》に話を締《し》めようとする。

「とにかく、無事に新嘗祭《にいなめさい》が済んで何よりだった。とんでもないことに巻き込まれはしたが、染子が兵部卿宮にお会いすることも二度とないだろうから、過ぎたことは、もう言うまい」

……あ。

染子はふと顔を上げ、二、三度、目を瞬《まばた》かせた。

そうだ。この先、もう暁平に会うことはないのだ。あちらは皇子で、こちらはただ一度限りの、五節の舞姫《まいひめ》。二度と御所へ上がることはない。

そのあたりまえの事実に、染子は何故か、寂《さび》しさのようなものを感じていた。


染子が有道の邸宅《ていたく》に呼ばれたのは、それから十日ほど後のことだった。

姉の織子に連れられて、染子が家から通りを挟んだ二条の有道邸へ出向くと、待っていた有道は開口一番、女房《にょうぼう》勤めをしないかと訊《き》いてきた。

「ここの女房ではないぞ。後宮——麗景殿の女御に仕える女房だ」

「は……」

染子がきょとんとしていると、隣《とな》りに座っていた織子が、扇《おうぎ》で膝を叩いてくる。

「こら、何か仰《おつしや》いよ」

「……え、でも」

「ははは……まぁ、急に言われても、何が何やらといったところだろう。三の君は、麗景殿の女御について、何か知っているかな」

染子が黙って首を横に振ると、有道は片肘《かたひじ》で脇息《きようそく》にもたれ、笑顔で頷いた。

「では、まずそこから話そう。いまの麗景殿の女御は、先の帝《みかど》の弟宮である帥《そち》の宮の御息女だ。年は……二十歳《じゅだい》になられたかな。入内されて、今年で四年になる」

それから有道は、現在の後宮の様子を話し始めた。

いま、後宮に女御として入内している姫君は、三人——左大臣藤原高則《たかのり》の娘である藤壺《ふじつぼ》の女御、右大臣藤原久高の娘の梅壺《うめつぼ》の女御、そして帥の宮の娘、麗景殿の女御。

女御といえば、言わば帝の妻である。いずれの女御かが皇子を産めば、その女御は次の帝の母となるかもしれない。つまり、娘を入内させた者は、いつかは帝の祖父になれる可能性があるということだ。

左大臣と右大臣は同腹の兄弟。そしていまの帝の母は、この左右大臣らの異母姉《いぼし》である。帝を取り巻く人々は、左右大臣のごく近しい縁者《えんじゃ》で固められており、そうして権力の集まるところは、いつも華《はな》やかだ。藤壺と梅壺の女御、弘徽殿《こきでん》の大后《おおきさき》と呼ばれる帝の母后の周囲は、数多《あまた》の女房たちであふれている。しかし麗景殿の女御は、左右大臣側の権勢に圧倒《あっとう》されて、三人のうちで最も地味な女御になってしまっていた。

藤壺と梅壺の女御らには、各々《おのおの》四十人前後もの女房がしたがっているというのに、麗景殿の女御に仕えているのは、女童《めのわらわ》まで含《ふく》めて、やっと二十人ほど。しかも、ただでさえ少なかった女房がここのところ、体調を崩《くず》したり地方官に任じられた夫について都を離れてしまったりと、相次《あいつ》いで辞めてしまい、とうとう十五人ほどが残るばかりになってしまったのだ。帥の宮とは昔から懇意《こんい》にしている有道は、相談を受けて、いま新たな女房を集めているところなのだという。

「……それで、わたし……ですか？」

染子は目を丸くして、自分で自分を指さす。

「でも、でしたら、わたしより姉のほうが……姉なら、もうこちらでお勤めしている経験もありますし」

「うーん……私がお受けしてもよかったんだけどね……」

織子が難しい顔で、ため息をついた。

「実は、父様と母様が、そろそろこちらから下がらせていただくって言うのよ」

「え？」

染子らの両親は、有道の父の代から、長年この家に仕えている。この先もずっと、有道のもとで働くものと思っていたのだが。

「父様、前に腰を痛めたでしょう。近ごろつらいんですって。だからもう、そろそろ家でのんびりしたいって……。そしたら母様も、それならこちらへのお勤めは、手が足りないときだけの通いにして、父様のお世話をしたいって言うから、私が代わりに置いていただくことにしたの」

「……そう……なの」

父も五十に近い。それなら仕方ないか。

「けど、わたし、一度も女房勤めしたことないのよ。家のことだって、そんなにたいしたことはできないし、それでいきなり、女御様にお仕《つか》えするなんて……」

「いやいや、それは心配ないぞ」

姉に小声で訴《うった》えた不安は、有道にしっかり聞こえてしまっていた。

「三の君は、以前、宇治《うじ》で私の父に仕えていただろう。あれと同じようなものだ」

「あのときは、わたし、子供でしたし……母についていっただけです」

「様子はさほど変わらないということだよ。雑用は女官がやるから、女房の仕事は、女御のお世話だ。特に何をするかは、他の女房らにでも追々《おいおい》教わるなりして、慣れていけばいい。女御は穏《おだ》やかな方ゆえ、堅苦《かたくる》しいこともないぞ。それに――」

有道は笑顔から真顔になって、背筋を伸ばす。

「実は女房の件は、まぁ、口実のようなものでな。三の君に頼みたいことがあるのだ」

「……頼み、ですか？」

五節《ごせち》の舞姫《まいひめ》を頼まれたばかりだ。今度は何なのだろう。思わず染子が身構えると、有道は笑顔に戻《もど》った。

「秋の舞姫を憶《おぼ》えているかな」

「……へっ？」

参議《さんぎ》の娘で、扇《おうぎ》を拾って届けてくれた、あの美女か。

「あ、はい。あの、たしかあの後、更衣《こうい》になったと……」

「おっ、知っていたのか。そうなんだ。五節舞のときに主上《おかみ》がお気に召《め》されて、いま登花殿《とうかでん》に曹司《ぞうし》を与えられて、更衣をしている。……が」

有道が、少し困ったような顔をした。その表情がどことなく暁平に似ていて、一瞬染子の気が逸《そ》れる。

「頼みたいのは、その更衣のことだ」

「えっ？　……あ、更衣……はい」

いけない。いまは有道の話を聞いていたのだ。

「五節の舞姫を務めた登花殿の更衣は、参議の藤原宗宣の娘だが……三の君は、春の舞姫のほうも憶えているだろう。右大臣《うだいじん》の娘の」

「はい。そちらは尚侍《ないしのかみ》になられたんですよね」

「そうだ。——もっとも右大臣は、本当は尚侍ではなく、女御として入内《じゅだい》させたかったのだろうがな」

「……」

「兄弟とはいえ、左大臣も右大臣も、それぞれが一家の主《あるじ》だ。どちらも腹の内では、自分の娘が先に皇子《おうじ》を産んでくれればいいと思っている。しかし上辺《うわべ》では、どちらの娘が皇子を産んでも一族の栄えだからと、仲良く互《たが》いに娘を一人ずつ入内させて均衡《きんこう》を保っていたのが、ここに来て右大臣が抜《ぬ》け駆《が》けした形になった。美人の娘を一人、主上の側近《そばちか》くに送り込むことに成功したのだ」

「それでも姫君を女御としてではなく、尚侍として後宮《こうきゅう》にお入れになったのは、兄の左府《さふ》様に気を遣《つか》われたからでしょうか？」

一緒《いっしょ》に話を聞いている織子が、有道に尋《たず》ねる。

「気遣《きづか》ったというより、言い訳がしやすいからだろうな。女御ではないのだから問題ないだろう、と。……まぁ、その尚侍になった娘の母親は、少しばかり身分が低いらしいから、それで女御にはしづらかったのかもしれんが」

しかし——と、有道は苦笑《くしょう》した。

「右大臣は兄を出し抜いたと思っただろうが、人には好みというものがあることを、失念していたのだろうな。主上は派手な美人の春の舞姫ではなく、物静かで控《ひか》えめな秋の舞姫に心を奪《うば》われてしまった」

「……あー……」

染子と織子の口から、同時に声が漏《も》れる。

「それは……右府《うふ》様には誤算でしたでしょうね……」

「でも仕方ないですよね。秋の君だって、きれいな人でしたもの」

いくら自分の娘に皇子を産ませたくても、こちらの娘を好きになれとまでは、強要できまい。有道の言うとおり、帝《みかど》にも好みはあったのだ。

「ところが――それで引き下がる右大臣じゃあ、ない」

有道は大仰《おおぎょう》な口調で言い、扇で自らの額を叩《たた》く。ぴしり、と小気味よい音がした。

「何しろ主上の周りにいるのは、女官も女房も左右大臣の息のかかった者ばかりだ。主上が登花殿の更衣をお召しになろうとしても、とにかく邪魔《じゃま》をする。取り次ぎがない。呼ばない。行かせない。露骨《ろこつ》過ぎるほど露骨だが、母親である弘徽殿《こきでん》の大后《おおきさき》までが、更衣などに情けをかけるなと、主上を止める始末」

「……まぁ……」

またも、姉妹揃《そろ》って声が出た。

「それで主上は、私に助けを求めてこられた。このままでは召し出すどころか、顔を見ることすらままならないと。さすがにお気の毒だと思って、一度ぐらい二人で会う機会を作れないかと、ひとまず更衣の様子を見にいったのだが……」

「秋の君に、何か？」

「様子がおかしい」

「……？」

　その意味がわからず染子は首を傾《かし》げたが、言った有道も首を傾げている。

「私は新嘗祭《にいなめさい》のとき、秋の舞姫と何か話したわけではない。顔を見た程度だ。しかし更衣と会ってみると、どうも主上の仰《おっしゃ》るような姫君には思えんのだ」

「……物静かで、控えめな……とは、違《ちが》ったんですか？」

　だが、自分が感じた秋の舞姫の印象も、帝のそれと大きくは違わない。

「わたしも秋の君は、落ち着いた静かな人だと思いましたけど……」

「ああ、それはそうなんだがな。……何というか、やけに緊張《きんちょう》しているというか……」

「それは……御所《ごしょ》に上がったばかりでは、仕方ないのではございません？」

　織子が妹と主を見比べつつ、言葉を挟《はさ》む。

「そういうのとも、また別のように思えてな。……それに、娘が主上のお目に留まったことを、浮《う》かれていると言っていいほど喜んでいた藤宰相《とうのさいしょう》――更衣の父親が、いざ娘が後宮に入ると、急にその話題を避《さ》けるようになったのも、少し妙《みょう》だ」

それこそ左右大臣に気を遣《つか》っているのかもしれないが、と有道はため息をついた。

「今年の五節の舞姫同士ならば、更衣の様子を探《さぐ》れまいかと思い、それもあって三の君に宮仕えを頼みたいのだ。どうかな」

「……」

扇を持ってきてくれたときの、あのやさしい、どこかはかなげな微笑《びしょう》と、労《いた》わりの口調。上品な菊花《きっか》の香り。……たしかに、有道よりは自分のほうが、おそらくは秋の舞姫を近くで見ている。一度は言葉も交《か》わした。だが、様子を探るというようなことが、できるだろうか。

……何か、あったのかな。

望まれて更衣になったとはいえ、そのような事情では、左右大臣方の者たちに囲まれて、つらい思いをしているのかもしれない。自分が行って、何ができるわけでもないけれど、同じ役目を担《にな》った同士、会って話ができれば、少しは気が紛《まぎ》れるだろうか。

染子は顔を上げ、有道を見た。

「後宮、行きます。……秋の君に、会ってみます」

「行ってくれるか」

有道はほっとした表情で、目を細める。

「はい。でも、あの……わたし、そそっかしいし、気が利《き》かないですから。麗景殿《れいけいでん》の女御様の御迷惑《ごめいわく》になるようでしたら、そのときは、どうか下がらせてください」

「ははは……何だ、ずいぶんと慎重《しんちょう》だな。わかった。性《しょう》に合わなければ、無理強《むりじ》いはしないことにする。――では頼むぞ、三の君」

「……はいっ」

頭を下げたそのとき、ふと思い出した。

後宮。……梨壺《なしつぼ》というのも、後宮にあるはずだ。ちょっと変わった、でも美しい、あの兵部卿宮《ひょうぶきょうのみや》が住んでいるところ。

会えるだろうか。麗景殿に行けば、姿を見ることができるのだろうか――

初めての宮仕えへの不安に、淡い期待が混じる。

染子は固く唇を結び、何故《なぜ》か高鳴る胸を押さえていた。

＊＊　＊＊　＊＊

今朝方少し降った雪は、梨壺の庭の木々にもうっすらと積もったが、日が高くなるころにはほとんど融《と》けて、枝から滴《したた》る雫《しずく》が、地面をぬかるませている。

この殿舎《でんしゃ》が梨壺と呼ばれる所以《ゆえん》である梨の木は、南の庭にあった。いま、その木の下を、何か埋《う》めたものでもあるのか、黒い毛並みをした老犬が、弱々しく引っ掻《か》いている。

兵部卿宮暁平は、いつもの髪を結《ゆ》わず何も被《かぶ》らない頭に着崩《きくず》した直衣《のうし》姿で、南側の簀子《すのこ》に出て高欄《こうらん》にもたれ、一心にぬかるみを掘《ほ》る老犬を眺《なが》めていた。

「……そこは、寒くありませんか」

背後から声をかけた有道は、火桶《ひおけ》を傍《かたわ》らに置き、廂《ひさし》の奥のほうに座っている。

「日が差しているから、そうでもないな」

答えた暁平のその声は、低く、落ち着いたものだった。

「……前《さき》の若狭守《わかさのかみ》の三の君を、麗景殿に呼びましたよ」

有道の言葉に、暁平がゆっくりと首をねじ曲げ、振《ふ》り返る。有道は世間話のような何げない様子で、淡々《たんたん》と続けた。

「例の、五節の舞姫を務めた、左衛門大尉《さえもんのだいじょう》の妹です。麗景殿で宮仕えをしてくれないかと頼んでみましたら、承知してくれましてな。……まぁ、兄が渋《しぶ》っておりますので、口実をつけて、しばらくのあいだということで」

「……何故だ」

　暁平の表情が、微《かす》かに険しくなる。

「私が騒《さわ》ぎを起こすために連れていった子だろう。節会《せちえ》から、まだ日が浅い。『鵺《ぬえ》』に連れまわされた舞姫だと、皆が憶えているうちに宮仕えをさせたら、どんな目で見られるか……」

「あの子なら、気にしないでしょうな」

　有道は火桶に手をかざしながら、静かに笑った。

「案外肝《きも》が据《す》わっているのか、人を悪く見ないのか……。どちらかはわかりませんが、あの子は宮を、怖《こわ》い方ではなかったと言っていましたよ。少なくとも、嫌ったり恐《おそ》れたりしている素振《そぶ》りは、まったく」

「それとこれとは、話が別だろう。私を恐れなかったからといって、人の陰口《かげぐち》に耐《た》えられるとは限らない。……気の毒だ」

暁平は眉間《みけん》の皺《しわ》を深めたが、有道のほうは口元に笑みを浮《う》かべたまま、探《さぐ》るような目で暁平を見た。

「いまさら気の毒と思うなら、何故《なぜ》あの子を連れ出しました？」

「……後悔《こうかい》しているよ」

苦い表情で、暁平が首を振《ふ》る。

「近ごろ派手なことをしていなかったから、そろそろ何か目立つことをしておかなくてはと思ったんだが……やはり、他の者を巻き込むべきではなかった」

「何故、あの子を連れていきました？　舞姫《まいひめ》は他にもおりましたし、童女《わらわ》も介添《かいぞ》えの女房《にょうぼう》も、大勢いましたものを」

「それは……」

暁平は目を逸《そ》らし、再び有道に背を向けた。

「……二条殿が後見している舞姫なら、後々面倒は少なかろうと踏《ふ》んだからだ」

「私が後見していた舞姫なら、もう一人、和泉守《いずみのかみ》の六の君もいましたよ」

「たまたま、冬の舞姫のほうだっただけだ」

「……そうですか」

有道は少し目を伏《ふ》せ、そして、浮かべた笑みを消す。

「宮。……もうそろそろ、よろしいのではありませんか」

「……何がだ」

「あれから六年です。いまや権勢は、完全に左右大臣のもとへ移りました。あとは、せいぜい兄弟で争わせておけばいいでしょう。あなたが犠牲《ぎせい》であり続けることはない」

「……左右大臣がそうでも、主上《おかみ》の後ろには、弘徽殿《こきでん》の大后《おおきさき》が控《ひか》えているぞ」

暁平は鋭い目で、梨の木の枝先から落ちる水滴《すいてき》を見つめながら、低くつぶやいた。

「あれは、まだ終わっていないんだ。……油断はできない」

「ええ、終わっていません」

有道は、ゆっくりと腰を上げる。

「ですが我々も、いつまでもあなた一人を盾《たて》にし続けるわけにはいかない。だから、もう――」

「よせ」

暁平が、今度は体ごと振《ふ》り向いた。

「盾となることを決めたのは、私自身だ。覚悟《かくご》なら、六年前から変わっていない」

「しかし」

「案ずるな」

どこか頬《ほお》を歪《ゆが》めるように、小さく笑った暁平の口から、白い息がこぼれる。

「まだ、たったの六年だ。……このままでいい。私一人のことで済めば、これから先、他に誰も傷つくことはない」

「……」

有道は何か言いたげな顔をしたが、やがて暁平に深々と頭を下げた。

「また、参ります」

「あまり顔を出すな。……それより母を見舞《みま》ってくれ」

「承知仕《つかまつ》りました」

有道は頷《うなず》いて、簀子《すのこ》に下り、渡殿《わたどの》のほうへと歩き去っていく。その姿が見えなくなってから暁平は、廂《ひさし》と奥を仕切る御簾《みす》に映る影《かげ》に向かって呼びかけた。

「――景之《かげゆき》、いるか」

その声に応じて、深緑の闕腋《けってき》の袍《ほう》を着た大柄《おおがら》で筋骨たくましい若者が、御簾をくぐって現れる。

「景之、今日はまだ清涼殿《せいりょうでん》のほうに人は残っているか」

「この時間ですと、あらかた帰宅しておりますかと」

「そうか。……なら、動くのは夜にしよう。滝口《たきぐち》の辺りで、歌でも歌ってくるか」

「夜は冷えます。これからの時季は、お控えになられたほうが」

「景之」

暁平は唇に皮肉めいた笑みを刻んで、ゆったりと腕を組んだ。

「物《もの》の怪《け》に昼も夜もない。いや、むしろ夜ほど暴れなければ」

景之と呼ばれた若者は、暁平の前で片膝《かたひざ》をつき、頭を垂れる。

「……では、せめて温石《おんじやく》を用意させましょう」

「いや、しなくていい。物の怪はそんなものを持ち歩くまいよ」

暁平は高欄《こうらん》にもたれかかり、天を仰《あお》いだ。

「何しろ私は――『鵺《ぬえ》』だからな」

＊＊　　＊＊　　＊＊

まさか再び内裏《だいり》の門をくぐる日が来ようとは、思ってもみなかった。

後宮《こうきゅう》のひとつ、麗景殿《れいけいでん》の殿舎の東廂――染子は慣れない女房装束《しょうぞく》で、有道の後ろにじっと控えていた。

いま身に着けているのは、有道の北の方からいただいたという布で、母と織子が、今日のために用意してくれたものだ。青の単《ひとえ》、淡い色から濃《こ》い色の紅梅色に白の袿《うちぎ》を重ねた、雪の下の襲《かさね》。その上に萌黄《もえぎ》色の表着《うわぎ》。唐衣《からぎぬ》は浮線綾《ふせんりょう》を上文《うわもん》とした、蘇芳《すおう》色の二倍織《ふたえおり》。下には紅《くれない》の長袴《ながばかま》を穿《は》き、白地に染め草で波模様を摺《す》り出した裳《も》を、腰に長く引いたこの姿を、格好だけは立派な女房だと、母は不安げに、織子は満足げに頷いて眺《なが》めていたが。

「先だって女御《にょうご》にお話しした、新しい女房を連れて参上した。取り次ぎを」

有道が声をかけると、御簾の向こうにいた女房が、返事をして奥へと下がる。

と――少し離れたところの御簾が、突然まくり上げられ、いま取り次ぎを頼んだのとは別の女房が、ぱっと顔を出した。

「あなた、冬の君じゃない！」

「……えっ？」

どこかで聞いた声と、明るい、愛嬌《あいきょう》のある笑顔。

「あっ……夏の君？」

このあいだ一緒《いっしょ》に五節《ごせち》の舞姫を務めた、和泉守の娘だった。染子が目を瞬《またた》かせていると、夏の舞姫は廂に出て、駆《か》け寄ってきた。

「亜相《あしょう》様、新しい女房って冬の君のことだったんですか？」

「やぁ、和泉《いずみ》。驚《おどろ》かせたかな。おまえの助けになる子を連れてくると言っただろう？」

「たしかに……。同じ舞姫でしたものね」

「そういうことだ。――三の君」

有道が、染子を振り返る。

「いまさら紹介《しょうかい》もいらないだろうが、和泉守の六の君だ。新嘗祭《にいなめさい》の後からここで女房をしている。例の件は、この和泉にも頼んでいるから、協力してくれ」

「あ……は、はいっ」

例の件とは、秋の舞姫――登花殿《とうかでん》の更衣《こうい》のことだ。たしかに今年の舞姫のうち二人が揃《そろ》えば、より更衣に近づきやすいかもしれない。

「女御様にお会いになられるんですよね？　もうお取り次ぎしてます？　ここは寒いですから、まず中にお入りください」

夏の舞姫は楽しそうに、勢いよく御簾を上げると、有道と染子を促《うなが》した。節会《せちえ》の日に言葉を交《か》わした、感じの良さそのままで、染子は安堵《あんど》する。

「よかった……。あなたがいると思わなかった」

「え？　やだ、亜相様、あたしがいること、冬の君に伝えてなかったんですか？」

「ああ、そういえば、言うのを忘れていたな。ははは……」

有道はとぼけた様子で笑い、女童《めのわらわ》が運んできた円座《わろうだ》に腰を下ろす。……忘れていたのではなく、大方、驚かそうとして言わなかったのだろう。有道はそういう人物だ。

もっとも、そういうところがあるから親しみやすいのだが。

「源大納言《げんのだいなごん》様がお見えで……ええ、新しい女房を……」

奥から聞こえてきた声と、二人ぶんの衣擦《きぬず》れの音が、几帳《きちょう》を隔《へだ》てた少し先で止まった。ほどなく、一人だけが姿を見せる。二十歳ほどの、落ち着いた雰囲気《ふんいき》の女房だ。

「これは源大納言様、お運びありがとう存じます。……そちらが……？」

「やぁ、生駒《いこま》。冬の舞姫を連れてきたよ。女御に御挨拶《ごあいさつ》を」

「はい、ただいま。――女御様《ゆ》」

目の前の几帳が、ふわりと揺れる。この向こうに麗景殿の女御がいるらしい。染子は慌《あわ》てて、その場に平伏《へいふく》する。

「源大納言。……先だっては過分の心遣《こころづか》い、感謝します」

繊細《せんさい》で愛らしい声が、几帳の向こうから聞こえた。

「いやいや。また御用《ごよう》がございましたら、何なりとお申し付けください。――今日は先日お話ししました、新しい女房を連れてまいりました。前《さき》の若狭守《わかさのかみ》の娘で、左衛門《さえもんの》大尉《だいじょう》の妹でもあります」

「……五節の、冬の舞姫ね？」

女御と思《おぼ》しき声が、楽しげに弾《はず》んでいる。

「嬉《うれ》しいわ。夏だけでなく、冬の子も来てくれるなんて……」

「和泉と同い年だそうですよ。これでここも、少しは賑《にぎ》やかになりましょう」

先ほど生駒と呼ばれていた女房が、几帳の向こうを窺《うかが》いつつ、女御の言葉に頷いた。

「宮仕えの経験はありませんが、家のことはひととおりできるということですので、お役に立つでしょう。――三の君、女御に御挨拶をするといい」

「は、はい……」

染子は下げていた頭を、さらに低くする。

「あ……左衛門大尉、坂上芳実の妹です。どうぞ、よろしくお願いいたしますっ」

上《うわ》ずった声であいさつすると、女御が小さく、しかし軽やかに笑った。

「元気がよくていいわ。こちらこそ、よろしくね。慣れないうちは苦労も多いでしょうけど、わからないことは皆に訊《き》いて、気楽におやりなさい」

「……あ、ありがとうございます！」

女御のやさしい口調に、染子はほっと息をつく。夏の舞姫がいて、仕えるのがこの女御なら、頑張《がんば》ってやっていけるかもしれない。

「女御様、まずはこの子の呼び名を決めましょう」

「あ、そうね……」

生駒の言葉に、女御が独り言のように、若狭守、左衛門尉《さえもんのじょう》……とつぶやく。

「若狭……は、弘徽殿の大后《おおきさき》様のところにいたかしら」

「おりますね。若狭という古参《こさん》の者が」

「それなら、衛門《えもん》ね。左衛門大尉の妹だから、衛門と呼びましょう」

自分の女房名が決まったらしい。そういえば、呼び名は大概《たいがい》その女房の父兄や夫の官職、出身地や赴任地《ふにんち》などに関わるものだと聞いたことがある。

生駒が染子を振り返った。

「今日からあなたのことを、衛門と呼びます。少しでも早くその呼び名に慣れるように、心しておきなさい」

「は……はいっ」

染子は三度、深く頭を下げる。いよいよ、宮中での暮らしが始まろうとしていた。

「……で、こっちの塗籠《ぬりごめ》は、女御様のお召《め》し物と楽器が納めてあるほうね。あ、双六《すごろく》とかの遊ぶものも、大抵《たいてい》ここにしまってあるから」

まずは麗景殿のことを覚えるようにとの生駒の指示で、染子は早速、和泉について建物の中をまわっていた。ちょうど用事の少ない暇《ひま》な時間だったようで、行く先々でくつろいでいた女房《にょうぼう》たちに会い、そのたび挨拶を交わし、相手の名前も尋《たず》ねながらの殿内《でんない》めぐりとなってしまったため、一周するころには、もはや辺りが薄暗くなりつつあった。

「ねぇ、和泉さん……って、ここに来て、まだひと月も経《た》ってないんでしょ？　でも、すごく慣れてるし、いろいろ知ってるのね」

「和泉でいいわよ。同い年でしょ」

塗籠の戸を閉めて、夏の舞姫《まいひめ》――和泉が笑う。

「あたし、ここにはもう何度か来たことあるのよ。姉の一人が、去年までここで女房してて。だから、ちょっと忙《いそが》しいときや、人数を揃えたいときとかだけ、臨時の女房として駆り出されてたの」

「お姉様は、辞めてしまったの？」

「結婚した相手が、近江介《おうみのすけ》に任じられてね。そっちについていっちゃったのよ」

「そうなの……」

臨時でも女房勤めの経験があったのなら、堂々とした様子も納得《なっとく》だ。自分はとても十日や二十日で、和泉のようにきびきび動ける自信はないと思っていただけに、実はもっと前からここを知っていたのだとわかったほうが、かえって安心である。

「それで、あの……女房って、どんなことをするの？」

「ああ、仕事？　普段はそんなにないわよ。女御様の身のまわりのお世話や、お話し相手。文使いや訪ねてくる人があれば、取り次ぎ。あと猫の世話？」

「猫……」

周囲を見まわすと、たしかに猫が二、三匹《びき》、寒いのだろうか、円座の上にぴったり固まって寝ている。

「……梅壺《うめつぼ》や藤壺《ふじつぼ》ならね、人の出入りも多いし、賑わっててそこそこ忙しいんでしょうけど、ここは訪ねてくる人も、あまりいないから」

「そう……なの？」

「そりゃそうよ。みんな羽振《はぶ》りのいいところで、お世辞のひとつやふたつ言っておくほうが、自分の出世につながるって、ちゃんと心得てるもの」

「……あー……」

どうやら、左大臣と右大臣はずいぶんと力を持っているようだ。

「で……でも、女房にしてみれば、あんまり賑やかなのも、ねぇ？　たくさん人前に出なくちゃいけないっていうのも、ちょっと、大変かなって……」

「それはあるわね。——ただ」

和泉はちらりと、染子を横目で見た。

「賑やかは賑やかで、結婚相手選びには事欠かないらしいわよ」

「へ？　……結婚、相手？」

「そうよ。女房やってるのって、だいたい独り身でしょ。若い公達《きんだち》が、何かの用事で訪ねてきて、取り次ぎついでに世間話でもして、お互《たが》い憎《にく》からず思ったら、そのうち歌なんかが贈《おく》られてきて……」

「……」

訪ねてくる者が少なければ、おのずとそういう機会も少なくなる、ということだ。

和泉は横目のまま、染子の様子を窺っている。

「どっちがいいのかしらね？」

「……わたし、静かでいい」

「結婚相手、見つけなくていいの？」

「いまは……そういうこと、考えて、ないし……？」

そのとき、誰かの面差《おもざ》しが頭を過《よ》ぎった気がして、染子は首を傾《かし》げた。……いま、自分は何を思い浮かべかけたのだろう。

「……和泉、は？」

「あたしも考えてないわ。歌の遣《や》り取りとか、そんな気の張ることしたくないし」

「歌、苦手？」

「得意じゃないわ。……ぼかした言い方しても、結果は同じね。はっきり言って苦手」

「よかった。わたしも苦手」

「……二人で苦手じゃ、いざってときに、どっちも頼《たよ》りにならないじゃない」

「あ」

呆《あき》れた表情の和泉と顔を見合わせ――二人同時に吹《ふ》き出した。

「じゃあ、二人で逃げちゃう？」

「気の利《き》いた歌を詠《よ》むような人が来たら、こっそり奥に引っ込むしかないわね」

「でも、そんな人かどうか、見ただけじゃ……あ」

笑いながら、染子が何げなく外のほうに目を向けると、庭先で深緑の袍《ほう》の武官らしき者がうろうろしているのが、御簾《みす》越しに見えた。和泉も気づいて、笑いを収める。

早速、訪問者のようだ。染子も和泉と一緒《いっしょ》に、御簾の隙間《すきま》から、そっと覗《のぞ》いてみる。

「誰かしら。見たことない……」

「……あー……」

その姿を見て、染子は思わず、肩を落とした。

「衛門？」

「……わたしの兄」

「えっ？」

宮仕えをすると決めたとき、両親も姉たちも賛成したのに、ただ一人反対したのが、この兄だ。自分に何の相談もなしに決めるとは何事かとか、本当は五節《ごせち》の舞姫だってやらせたくなかったのに、このうえまた人前に出るようなことは認めないとか、とにかくうるさかった。それほど言うなら、二条の大殿《おおとの》に直談判《じかだんぱん》してくればいいと、有道のもとへ行かせたら、うまく言いくるめられたようで、渋々《しぶしぶ》ながらも承知したのは、五節の舞姫のときと、まったく同じ流れだったわけだが。

染子はため息をついて御簾をくぐり、簀子《すのこ》に出る。

「――兄様、何してるの」

「！　染っ……」

「まさか初日から、帰ってこいなんて言いに来たわけじゃないのよね？」

「……いや、その……そうじゃなくて……」

染子があえてきつく睨《にら》むと、芳実は決まり悪そうにうつむき、目を泳がせた。

「おまえが、きちんとやっているのかと……御迷惑《ごめいわく》がかかってもいけないし……」

「様子を見に来るなら、もう少し日が経ってからじゃない？　わたし、さっきここに来たばかりよ。御迷惑をかけるほど、まだ何もできてないわ」

「……」

芳実はますます下を向き、染子はふくれっつらで芳実を見下ろす。その後ろから、和泉が御簾を掻《か》き分けて顔を覗かせた。

「衛門。お兄様、どうされたの？」

「どうもしないわ。……わたしの兄、年が離れてるせいか、わたしのことを妹っていうより、娘みたいに扱《あつか》うのよ。それでいつも、人前には出るな、慎《つつ》ましくしろって、うるさくて。うち、そんな高貴な家柄《いえがら》じゃないのに」

「……そんなに年が離れてるようには見えないんだけど」

「十一、違《ちが》うの。ああ見えて」

「嘘《うそ》。……え、お兄様、二十七？　えー……」

ひそひそ話でもしっかり聞こえてしまっていたのか、芳実がさらに、うなだれる。

染子は高欄《こうらん》から身を乗り出すようにして、声をかけた。

「兄様、これを機会にわたしに構うのはやめて、また結婚したらどう？　自分で見つけるのが嫌なら、亜相《あしょう》様にお願いすればいいじゃない。大丈夫よ、当分は地方に行く予定はないんでしょ？　だったら、もう留守中に浮気《うわき》されるようなことは……」

「そ、その話はするな！　私のことはいいんだ！」

芳実が真っ赤な顔で慌《あわ》てて両腕を振《ふ》りまわし、和泉は何とも気の毒そうな表情を、広げた扇《おうぎ》で隠《かく》す。

「と、とにかく、おまえがきちんとやっているなら、別にそれで――」

いいんだ、と続いた芳実の声に、がさがさと、何かが擦《こす》れるような音が被《かぶ》さった。

音のしたほうを振り返った芳実が、目を剝《む》いて短い悲鳴を上げる。

「兄様？」

どうかしたのかと問う間もなく、庭先に鮮《あざ》やかな紅色の塊《かたまり》が飛び出してきた。

「えっ？　……えっ？」

「え、何っ？」

呆気《あっけ》に取られた染子と和泉の前で、紅色が大きくうねる。誰かが紅色の衣《ころも》を被って
いるのだと気づくのと同時に、衣をはね除《の》け、人が現れた。

「あっ……」

結《ゆ》われていない髪が、風に舞《ま》う。屈《かが》めていた腰をすっと伸ばし、一瞬天を仰《あお》いだ、
美しい横顔。

兵部卿宮《ひょうぶきょうのみや》暁平親王《しんのう》――

「……あー、左衛門尉《さえもんのじょう》がいたぁ」

例の素《す》っ頓狂《とんきょう》な声に、芳実は数歩後ずさり、身構える。

「ひょっ、兵部卿宮、何故《なぜ》ここにっ……」

「さぁ、何でだろう？」

「……」

どうやら、相変わらずのようだ。

「――宮様！」

染子が声をかけると、暁平は紅色の衣を頭に被りながら、振り向いた。

「あれぇ、小染の君？」

「こそめ……？　わたしのことですか？」

「うん。小さい染で小染」

「……それ、わたしが小さいっていうことですか？」

大きくはないが、普通だと思っていたのに。

暁平はにこにこと笑って、染子を見上げてくる。

「だって、私より小さいよ？」

「宮様より大きな方は、あんまりいないと思います……」

「あ、いまは大きいねぇ」

背伸びをして、暁平は染子が寄りかかっている高欄を叩《たた》いた。さすがに乗り越《こ》えてこられるほどではないが、上背があるので、余裕《よゆう》で手は届く。

「わたしが庭に下りたら小さくなりますよ」

「下りてくる？　一緒に左衛門尉を追いかけようよ」

それを聞いて、芳実はぎゃっと叫《さけ》ぶと、さらに十数歩後ずさった。……おそらく、巡《じゅんかい》回中もこんな調子なのだろう。

「ちょっと下りられないので、わたしは御遠慮《ごえんりょ》します。――宮様、わたし今日から、麗景殿《れいけいでん》の女御《にょうご》様のところで、女房《にょうぼう》としてお世話になることになりました」

「ここの女房？」

「衛門という名前をいただきましたので、そうお呼びくださいね」

「うん。わかったよ、小染の君」

「……」

わかっていないようだ。

しかし、暁平はこういう人物なのだと思えば、別にどうということもない。染子は笑顔で暁平に手を振った。

「兄を捕《つか》まえても、担《かつ》がないでやってくださいね。うちの兄は、すぐ泣きますから」

「へぇ、泣くのかぁ」

まさに、それなら試《ため》してみようかと言わんばかりの暁平の表情に、芳実が顔を引きつらせ、今度こそ踵《きびす》を返すと、叫び声を上げながら、脱兎《だっと》のごとく走り去る。暁平がその後を、愉快《ゆかい》そうに笑いながら追いかけていった。

「……あれ、絶対からかわれてるんだわ」

ああまで過剰《かじょう》に怯《おび》えられたら、それは脅《おど》かし甲斐《がい》があるというものだ。兄が左衛門大尉の役目にふさわしい度胸をつけるまで、せいぜいからかってもらったほうがいいような気がする。

しかし——まさか、いきなり暁平と再会するとは思わなかった。

「え、衛門……」

ふと見ると、すぐ後ろにいたはずの和泉が、御簾の内に隠れている。しかも、その周りにはいつのまにか、何人かの女房が集まっていた。何事かと尋《たず》ねようとしたそのとき、和泉を含《ふく》む女房たちに、すごい勢いで御簾の内に引っぱり込まれる。

「わっ……え、何？　どうしたの？」

「どうしたのじゃないわよ！　いまの、鵷の宮じゃなかった!?」

「鵷……あ、うん。そうそう」

そういえば、世間ではそう呼ばれていると聞いていた。

「何をのん気な……。あなた五節の舞姫《まいひめ》だったのでしょう？　このあいだの節会《せちえ》で、鵷の宮にさらわれそうになったと聞いたわよ？」

「あっ、冬の舞姫って、そういえば……。まぁ、あなただったの？」

「いま普通に話してたけど、知り合いなの？」

「喋《しゃべ》って大丈夫？　あの宮様、何をするかわからないって評判で、怖《こわ》くて……」

女房たちに一斉《いっせい》に詰《つ》め寄られ、染子は目を瞬《まばた》かせる。

「えーと……たしかに、節会の日に宮様にさらわれたのは、わたしです。それからはお目にかかってないですから、お会いしたのは、今日で二度目ですね」

「……怖くなかったの？　話して……」

「ちょっと変わった方ですよね。でも、怖くはないですよ」

染子がはっきりそう答えると、女房たちは困惑《こんわく》気味に互《たが》いの顔を見合わせ、和泉は少し呆《あき》れた様子で、苦笑《くしょう》した。

「さらわれたすぐ後も平気そうだったものね、あなた……」

「だから、怖い方じゃないんだもの」

「……まぁ、あの宮様を見ても、驚《おどろ》きも怖がりもしない子がいてくれるのは、心強いかしら……？」

「そ、そうね。宮様も笑っておいでだったし……」

女房たちは、途惑《とまど》いつつも何か無理やり納得《なっとく》させるように、頷《うなず》き合っている。その様子に、染子が逆に、首を傾《かし》げた。

「あの……兵部卿宮様って、そんなに怖がられてるんですか？」

「怖がられているというか……こう言ってしまうのもはばかられるけれど、疎《うと》まれているというほうが、正しいかもしれないわね」

集まった中でも一番年かさの女房が、声を抑えて告げる。さっき、たしか初瀬《はつせ》という名の女房だと聞いた。

「衛門は、源大納言《げんのだいなごん》様の紹介《しょうかい》で、ここへ来たのよね？」

「あ、はい」

「では、兵部卿宮様が源大納言様の甥御《おいご》だということは、知っているかしら」

「……宮様のお母君が、亜相様の妹君……ですよね」

「そうよ。前《さき》の麗景殿の女御様」

話しながら、初瀬が染子を部屋の奥のほうへと促《うなが》し、和泉と他の女房らも、そこに置いてあった火桶《ひおけ》を囲むかたちで腰を下ろす。

「いまの主上《おかみ》のお母君が弘徽殿《こきでん》の大后《おおきさき》様で、兵部卿宮様のお母君は、前の麗景殿の女御様。……先に皇子《おうじ》をお産みになったのは大后様だけれども、先の主上の御寵愛《ごちょうあい》は、どちらかといえば、前の麗景殿の女御様のほうが深かったの」

「どちらかといえばというより、完全に、だったわよね」

女房の一人が、肩をすくめながら付け足した。

「そうね。だから大后様は、前の麗景殿の女御様のことが気に食わない。そのお子の兵部卿宮様のことも、疎ましくて仕方がない。……宮様があのようなことにならず、御聡明《ごそうめい》なままお育ちになられても、きっと疎んじられたでしょうね」

「馬から落ちて……でしたっけ？」

和泉が遠慮《えんりょ》がちに、初瀬に尋ねる。和泉も暁平がおかしな言動をするようになった経緯《けいい》は、承知しているらしい。

「ええ、そうよ。そのことがなければ、いまごろ宮様は、東宮《とうぐう》におなりだったでしょうね。何しろ主上には、まだ皇子がお生まれになっていないから」

「もっとも、あの宮様が東宮になられたら、それはそれで大后様の御機嫌《ごきげん》がますます悪くなるでしょうし、左府《さふ》様右府《うふ》様も、何がなんでも御自分たちの姫君に皇子を産ませようとなさるでしょうし」

「そうなると、ただでさえ滅多《めった》にこちらへお渡《わた》りにならない主上が、もっとお見えにならなくなってしまうでしょうし……」

他の女房らも初瀬の後に言葉を続け、揃《そろ》って嘆息《たんそく》する。

「私たちは、源大納言様には何かとお気遣《きづか》いいただいているし、弘徽殿や藤壺《ふじつぼ》梅壺《うめつぼ》のように、宮様を疎んじたりはしないわ。落馬のせいで、あのようになられてしまったことも、本当にお気の毒と思うのよ。……ただ、尋常《じんじょう》でない御様子の数々を聞くと、やっぱりあまり、関《かか》わりになりたいとは思えなくて」

「源大納言様だけは、ときどき梨壺《なしつぼ》にお顔を出されておいでのようだけれど、他には訪ねる人もいないみたい。あそこは女房も、身よりのない年寄りばかりで、四十より下はいないらしいわ。女官たちも、あまり近づきたがらないというし……」

つまり、暁平は左右大臣方からかなり嫌われていて、ここの女房たちにも、境遇《きょうぐう》に同情はするが、接する機会は持ちたくないと思われている――ということのようだ。

……あの格好は、たしかに驚くけど……。

話してみれば、天真爛漫《てんしんらんまん》な子供のような人というだけではないのかと、そう思うのは、まだ二度しか顔を合わせていないからだろうか。

「あの――兵部卿宮様は、どうして梨壺にお住まいなんですか?」

和泉が、女房たちを見まわして尋ねた。

「東宮ではないんですし、御所《ごしょ》の外にお住まいになっても、差《さ》し支《つか》えないと思うんですけど……というより、むしろそのほうが……」

「ああ、それはそうなのよねぇ……」

「あの宮様が外にお住まいになれば、ずいぶん静かになるでしょうね」

「それはみんな考えるのよ。お母君と御一緒《ごいっしょ》にお暮らしになればよろしいのにって。でも、何故《なぜ》か梨壺にいらっしゃるのよね……」

女房たちのあいだに、乾《かわ》いた笑いが広がる。暁平が梨壺に暮らす理由は、どうやら誰も知らないらしい。

火桶の向こうから、女房が少し、染子のほうに身を乗り出してきた。

「衛門、あなたあの御様子が平気なら、宮様がまたこちらに入ってこられたときは、うまくお相手して、出ていっていただくようにしてちょうだい？」

「たまにあるのよねぇ。梨壺の猫が、こちらの敷地《しきち》に迷い込んできて、宮様がそれを追いかけてこられるとか……」

「何もなくても、東から西へ走り抜《ぬ》けていかれたこともあったわよ」

「衛門、お願いね？　無理にとは言わないから、なるべくあなたが、ね？」

「……はぁ……」

他の女房たちに拝《おが》まれ、染子はいつのまにか、暁平の追い出し役に決まってしまっていた。

染子が宮仕えを始めて、三日が経《た》っていた。

この三日で染子が任された仕事といえば、和泉と一緒に麗景殿で飼われている猫の世話、女御の囲碁《いご》の相手、ちょっとした繕《つくろ》い物、女房たち宛《あ》ての手紙を運ぶ文使いの取り次ぎなど――もちろん気は張るが、家よりは忙《いそが》しくない、といったところだったのだが。

「……乙女《おとめ》さびすも……」

女房の一人が吹く緩《ゆる》やかな笛の調べが、澄《す》んだ音を響《ひび》かせ、その音色に合わせて、他の女房らが五節舞の大歌《おおうた》を、それぞれの声の大きさで歌っている。

染子と和泉は麗景殿の女御の前で、ついこのあいだ新嘗祭《にいなめさい》で献《けん》じたばかりの舞を、扇《おうぎ》を広げ、袖《そで》を翻《ひるがえ》して舞っていた。

せっかく五節の舞姫が二人も揃っているのだからと、女御に舞を所望《しょもう》され、楽器の得意な女房が伴奏《ばんそう》を申し出て、女御と女房仲間たちの前で、もう舞う機会などないだろうと思っていた五節舞を、披露《ひろう》することになってしまったのである。

本番のときより二人足りない、しかし前に誰もいない場での五節舞を舞い終わり、扇を収め、染子と和泉が女御の前に静かに平伏《へいふく》すると、女房らのあいだから、わっと歓声《かんせい》が上がった。

「和泉、衛門、良かったわよー」

「こんなに近くで見られるとは思わなかったわ……」

「節会のときは、私たち、いい場所で見られなかったものねぇ」

女房たちがひとしきり感想を述べた後で、女御の側に控《ひか》えていた、源命婦《げんのみょうぶ》と呼ばれている最年長の女房が、染子らに向かって頷いた。

「和泉、衛門、御苦労でした。信濃《しなの》も、笛をありがとう」

「さすがに優雅《ゆうが》ね……。二人とも、舞姫に選ばれただけのことはあるわ。ねぇ、生駒」

色白でふっくらとした顔に、少女のような愛らしい微笑《びしょう》を浮《う》かべ、麗景殿の女御が楽しげに、傍《かたわ》らの生駒を振《ふ》り返る。女御の乳姉妹《ちきょうだい》だという生駒は、いつも女御の一番近くにいた。

「本当に……。節会では遠くからしか見られませんから、これは贅沢《ぜいたく》な趣向《しゅこう》でございましたね」

「和泉も上手《じょうず》だったけれど、衛門のほうが、舞に慣れた感じだったかしら？　衛門、舞は好きなの？」

「あ……は、はい」

女御は気さくに話しかけてくれるが、まだ主との会話は緊張《きんちょう》する。染子は目を瞬かせながら、返事の言葉を探した。

「あの、舞は、好き……です。昔、親が、亜相《あしょう》様のお父君の六の宮様に、お仕《つか》えしておりまして、そのとき、わたしも女童《めのわらわ》として、お世話になっていたことが……。それで、あの、六の宮様に、少々教えていただきまして……」

「まぁ、六の宮様に？」

「は……はい。六の宮様が亡《な》くなられるまでの、三年ほどのあいだでしたが……」

つっかえながらも、どうにか説明すると、女御《にょうご》は顔をほころばせる。

「父から聞いたことがあるわ。六の宮様は、何事にも優れておいでの方でおられたって……。たしか、宇治で亡くなられたとも聞いたけれど」

「はい。あの、六の宮様は、北の方様を亡くされてから、御出家《ごしゅつけ》されまして、宇治の別荘《べっそう》で、静かにお過ごしでした。あ……うちは、ちょうど父が、若狭守《わかさのかみ》のお役目をいただいたときでしたので、父がそちらに行っているあいだ、母と姉たちとわたしも、六の宮様のお供で、宇治に……。六の宮様は、そのまま都には戻《もど》られませんでした」

亡き六の宮には、様々なことを教わった。ほんの五、六年前のことだが、まだ子供だった自分には、遊んでもらっているような感覚だったと記憶《きおく》している。そんなふうに思えるのは、六の宮自身が、子供の相手を楽しんでいるように見えたからかもしれない。

「そうなの……。舞の他には、何か教わった？」

「姉たちは、楽器……でしたが、わたしは不得手で……。あ、香の合わせ方を、少し」

「あら、それはいいわね」

女御は声を弾ませ、源命婦を見た。

「命婦、たしかお父様が、新しく香木を持ってきてくださるって、仰っていたわね？」

「年が明けたころにと、仰《おお》せでございました」

「そんなに先だったかしら。衛門、六の宮様直伝の香、今度合わせてね。きっとよ」

「は、はい……」

しまった。これでは年明けまでに、教わった調合を忘れていないか、おさらいしておかなくてはなるまい。忘れていたら、母にでも確かめておかなくては。

「衛門、和泉も、大儀でした。楽しかったわ」

そう言って女御は座っていた茵《しとね》から立ち、生駒と源命婦を伴って、奥に戻っていく。

女御の姿が几帳の向こうに消えるなり、和泉が脇腹をつついてきた。

「ちょっと衛門、何かそんな気はしてたけど、あなたやっぱり、舞《まい》が得意だったの？」

「得意ってほどじゃ……ほんとに、昔ちょっと習っただけなのよ」

「──衛門、ねぇ衛門、どんな香《こう》が作れるの？」

「ねぇねぇ衛門、あたし『侍従《じじゅう》』が欲しいんだけど、自分で合わせても、どうも納《なっ》得《とく》のいく出来《でき》にならないのよ。どうやったら……」

「え、ちょっ……いえ、あの、教わりましたけど、子供のころですしっ……」

あっというまに女房《にょうぼう》仲間に囲まれ、染子は質問攻《ぜ》めにあう。余計な話をしてしまったと後悔《こうかい》したが、もう遅かった。

都の外で何年か暮らしたことがあるのも珍《めずら》しかったのか、宇治での生活についてもあれこれ尋《たず》ねられ、ようやく解放されたときには、おそらく半刻ほども経《た》っていた。他の女房らは双六《すごろく》や囲碁で遊び始めたが、染子はすっかり喋《しゃべ》り疲れてしまい、自分の局《つぼね》で休むことにした。

御簾《みす》をくぐり廂《ひさし》に出ると、どこかの隙間《すきま》から風が吹き込んでくるのか、空気が少しひんやりする。普段なら寒いと思うところだが、舞とお喋りの後で火照《ほて》った頰《ほお》には、逆に気持ちがいいくらいだった。

……姉様たちに、文《ふみ》でも書こうかな。

　特に用事がなければ、与えられた局でくつろいでいても構わないと言われており、そういうときには、染子も裳《も》の紐《ひも》を緩《ゆる》め、自分の着る衣を縫《ぬ》ったり、和泉と双六をしたりして過ごしていたが、そういえば、まだ誰にも手紙は出していなかった。両親も姉たちも、兄ほどには自分の宮仕えを心配していなかったが、そろそろ近況《きんきょう》を知らせておいたほうがいいかもしれない。

　染子は自分の局に戻《もど》り、家から持参した硯箱《すずりばこ》を開ける。

　ちなみに、染子に与えられた局の場所は、麗景殿東廂《れいけいでんひがしびさし》の南側の一角である。麗景殿は建物を囲むように四方に廂があり、女房たちは廂を几帳《きちょう》で区切って各々《おのおの》の局とし、そこで寝起《ねお》きしていた。女房の数が少ないこともあり、ゆったり過ごせる広さをもらえたが、何故《なぜ》染子の局が東南の角に決まったかというと、どうやらそこが、梨壺《なしつぼ》との出入口に一番近いからであるらしい。聞けば、暁平が暮らす梨壺は、麗景殿とは塀《へい》と通路を隔《へだ》てた東側にあり、暁平がこちらに侵入《しんにゅう》してくるときには、大抵《たいてい》、東南にある門を抜《ぬ》けてくるのだという。

　もっとも、わざわざ外に出て、かつ門番のいる陣《じん》を突破《とっぱ》してまで門をくぐらずとも、麗景殿と梨壺を繋《つな》ぐ渡殿《わたどの》があるため、入ろうと思えば、庭ではなく建物の中にも直接入ることはできるわけだが、何故《なぜ》か暁平は、渡殿を通って侵入してきたことは、一度もないらしい。女房たちから他の殿舎の位置などを教えてもらって、梨壺がそんなに近くにあったことには驚《おどろ》いたが、初日に現れてより後、暁平の姿は見ていない。女房たちが怯《おび》えるほどには、頻繁《ひんぱん》に侵入してくるわけでもないようだ。

　梨壺との出入口に近いという理由で空いていた東南の局は、日当たりが良く、染子は喜んで使っている。

「衛門——衛門、いる？」

　まず織子への手紙を書き上げ、次に縫子に宛《あ》てて書こうと、紙を選んでいたとき、初瀬と囲碁の勝負をしていたはずの和泉が、顔を出した。

「あら、和泉……。碁《ご》は？」

「負けちゃった。初瀬さん、強くって」

　和泉は几帳の陰《かげ》から局を覗《のぞ》き、きょろきょろと中を見まわす。

「あら、文を書いてたの？　ごめんね、邪魔《じゃま》して」

「ううん。急ぎじゃないし。どうしたの？」

　筆を置いて振《ふ》り向くと、和泉は少し声をひそめた。

「こっちも今日、兄から文が来て——ああ、兄の一人が、六位の新蔵人《しんくろうど》なんだけど」

「あ、そうなの？」

「ええ。それでね、その兄が、主上《おかみ》と藤宰相《とうのさいしょう》が、秋の君のことを話されてるのを聞いたって……」

「えっ。……あ」

そういえばここに来てから、女房の立場に慣れることばかりに考えが向いていて、うっかり秋の舞姫《まいひめ》——登花殿《とうかでん》の更衣《こうい》に会ってみてほしいという、有道の依頼《いらい》を失念していた。

「……何をお話しされてたのかな」

「兄が見てた限りでは、藤宰相が言い訳してるみたいな……具合が悪いのは物《もの》の怪《け》の仕業《しわざ》だとか、宿下がりをさせようと思ってるとか、そんなこと言ってたって」

「え、秋の君、具合が悪いの？　物の怪って……」

やはり有道の話していたように、左右大臣方の女御《にょうご》たち周辺の風当たりが強くて、物の怪にとり憑《つ》かれるほど、苦労しているのだろうか。

和泉が、染子の表情を窺《うかが》うように、大きな目をじっと見開く。

「……行って……みる？」

「どこへ？」

「登花殿」

更衣の様子を確かめに——である。

「……亜相《あしょう》様に、頼まれちゃったしね……」

「本当に宿下がりされちゃったら、会えないしね」

「ところで、登花殿ってどうやって行くの？　わたしたちでも入れるの？」

「……」

和泉は腕を組み、口をへの字にして、しばし考え込んだ。

「……初瀬さんに相談してくる」

「初瀬さん？」

「あたし、初瀬さんにだけ、亜相様から秋の君について頼まれ事してるって、話してあるのよ。初瀬さんももともと、亜相様の紹介《しょうかい》でここに来てるから」

「ああ、そうなの……」

「ちょっと訊《き》いてみるわ。あなたも来て」

「待って、片付けるから……」

染子があたふたと紙や筆をしまっている間に、せっかちな和泉は立っていってしまう。やっと和泉に追いついたときには、もう初瀬はあらかた話を聞いていたようで、少し難しい顔で、染子を振り返った。

「衛門も一緒《いっしょ》に行くの？」

「あ、はい、行きます」

「そう。……まぁ、そのまま訪ねても、差《さ》し支《つか》えないとは思うけど……」

初瀬は声を小さくしながら、他の女房たちのいないほうへ、さりげなく移動する。

「更衣を尋ねる口実は、舞姫同士の御機嫌伺《ごきげんうかが》いでいいとしても、問題は登花殿までの行き方ね。できれば弘徽殿《こきでん》と貞観殿《じょうがんでん》を通らないで行けたらいいんだけど……」

「弘徽殿はわかりますけど、貞観殿にもですか？」

帝《みかど》の母――大后《おおきさき》のいる弘徽殿に近づかないように、というのはわかるが。

「貞観殿には、もう一人の舞姫がいるのよ」

「えっ」

「もう一人って……あ、春の君ですか？」

尚侍《ないしのかみ》になった右大臣《うだいじん》の娘も、たしかに同じ舞姫ではあったが、やはり身分が違《ちが》うと思われていたのか、四人揃《そろ》ったときでも、常にすましていて、まったく口もきかず、目も合わせようとはしなかった。そういえば、御所《ごしょ》で暁平に連れまわされた後、和泉と更衣は心配してくれたが、右大臣の娘は胡散臭《うさんくさ》そうに自分を一瞥《いちべつ》しただけで、あとはまるで、存在すら忘れているような素振《そぶ》りだった。

その春の舞姫が、貞観殿にいる、と。

「そう、右府《うふ》様の姫君ね。常寧殿《じょうねいでん》に曹司《ぞうし》をいただいて、いまは五節《ごせち》の尚侍って呼ばれているらしいけど、御匣殿別当《みくしげどのべっとう》も兼《か》ねているから、昼間は貞観殿にいるはずなのよ。……もし貞観殿の前を通って、五節の尚侍に見つかって、あなたたちが登花殿の更衣に会いに行くって知ったら、角が立たないかしら。一応、尚侍も舞姫だったわけだから……」

秋の舞姫に挨拶《あいさつ》するなら、先に春の舞姫に挨拶すべきだと思われるだろうか。たしかに、もしそう言われたら、素通りもできまい。そうかといって春の舞姫は、あまり会いたい相手でもないが。

和泉も同じことを考えたようで、困り顔で額を押さえている。

「春の君はちょっと……。なーんか感じ悪かったのよねぇ」

「初瀬さん、貞観殿を通らないで登花殿に行く方法はないんですか？」

「弘徽殿を避《さ》けることはできるけど、貞観殿は……どうしても通るわね……」

それから初瀬が言うには、麗景殿から登花殿に行くには、宣耀殿《せんようでん》と貞観殿を抜けていくか、常寧殿と貞観殿を抜けていくかしかないという。

「……もし春の君に見つかっても、秋の君に会いに行くところだって、言わなければいいんじゃないかな……」

　ただの通りすがりなら、どうということもないだろうと思ったのだが、和泉は首をひねった。

「けど、行き先を訊かれたら厄介《やっかい》よ。あたしたち本来、あっちに用はないんだから」

「じゃあ、用事を作ればいいのかな」

「どんな用事？」

「えー……」

　提案したはいいが、すぐには思いつかない。考え込む染子の足元に、紐で繋がれていない子猫が一匹《ぴき》近寄ってきて、裳《も》の後ろに長く垂らした引腰《ひきごし》にじゃれつき始めた。

「あらら、駄目《だめ》よ、三毛《みけ》の少将《しょうしょう》。──初瀬さん、この子は繋いでおかないんですか？」

「三毛の少将は放していても、滅多《めった》に外へ出ないから……」

　言葉の途中で初瀬が、何か思いついたように、あっと声を上げる。

「用事があれば、言い訳は立つわね？」

「え……ええ」

　染子と和泉は一度顔を見合わせ、頷《うなず》いた。初瀬が、それならと手を叩《たた》く。

「──猫に、逃《に》げ出してもらいましょう」

后町《きさきまち》の廊《ろう》を渡って常寧殿に入ると、燈台《とうだい》や燈籠《とうろう》に差すための油を持った女官や、何かの箱を持った女官が、忙《せわ》しなく行き交っていた。ここは新嘗祭《にいなめさい》のときに控《ひか》えの局《つぼね》があったところなので、辺りの様子は多少わかる。染子と和泉は檜扇《ひおうぎ》で顔を隠《かく》しつつ、不自然にならない程度の早足で、先へ進んでいた。

染子の袖《そで》の内には、黒い猫が一匹、隠されていた。他所《よそ》の殿舎を歩いていることを誰かに見咎《みとが》められたら、麗景殿から逃げ出してしまった猫を捜しに来たのだ、と言い繕《つくろ》うためで、初瀬の発案である。ただ、本当に逃げられてしまってもいけないので、おとなしい猫を選び、念のため首に紐もつけて、しっかりと握《にぎ》りしめた。

腕に抱《だ》いた猫を気にしながら、働く女官に紛《まぎ》れて、どうにか常寧殿を脱《だっ》する。次に通るのが貞観殿で、南側から西側へと簀子《すのこ》をまわった。幸いここでは誰にも会わず、寒い時季であるため、すでに格子《こうし》も下りていて、中から見られることもなく、順調に登花殿への反橋《そりはし》を渡ることができた。

緊張《きんちょう》のあまり、ここまでずっと無言だった染子と和泉は、渡りきったところで一度足を止め、互《たが》いに顔を見合わせ、どちらからともなく息をつく。

「……ここ、登花殿よね？」

「初瀬さんの教えてくれたとおりに来たから、そのはず……」

「これで違ってたら、逃げるしかないわね」

「この後どうすれば……わっ、静かにして……」

袖で隠した黒猫がのんびりとした鳴き声を上げ、染子は慌《あわ》てて、周囲を窺った。

ちょうどそこへ、女房《にょうぼう》らしき者たちが数人、何か話しながら歩いてくる。その中の一人が、目ざとく染子らの姿を見つけた。

「……誰ぞ？」

「あ——あのっ」

明らかに怪訝《けげん》な顔をする女房らに、染子は無理やり、笑顔を作る。

「ここは、登花殿ですよね？」

「……そのとおりだが」

「更衣様は、いまこちらにいらっしゃいますか？」

そう尋《たず》ねた瞬間、女房たちの表情が一斉《いっせい》に険しくなった。

「……更衣様に、何の御用《ごよう》か」

「あたしたち、今年の五節の舞姫なんですよ」

和泉もやや頰《ほお》を強張《こわば》らせてはいたが、にこやかに返事をする。

「あたしが夏の、この子が冬の舞姫です。ちょうど二人揃《そろ》ったので、せっかくだから秋の舞姫にも御挨拶《ごあいさつ》を、と思いまして」

「そ、そうです。あの、更衣様には節会《せちえ》の日に、扇を拾っていただいて……その御礼《おれい》も、あらためて申し上げたくて」

思わず意気込んで言うと、おとなしかった猫が不満げに、ぎゃあとひと声鳴いた。

女房らは途惑《とまど》いと不審《ふしん》の入り混じったような面持《おもも》ちでいたが、やがて中でも年長の女房が、わかりましたと頷いた。

「こちらへどうぞ。……ただし、更衣様はここしばらく御気分が優《すぐ》れませぬ。長居は御遠慮《ごえんりょ》いただきます」

「え、ええ。本当に御挨拶だけ」

「あの、お加減、大丈夫なんですか？」

「御心配には及《およ》びませぬ」

これもまた素っ気ない。引きつった笑顔で、染子と和泉は女房らの後についていく。

登花殿の中は何となくひっそりしていて、物音を立てることもはばかられるような雰囲気《ふんいき》だった。すれ違う女房や女童《めのわらわ》、誰も皆どこか物憂《ものう》げで、人は少なくとも明るく穏《おだ》やかな麗景殿《れいけいでん》とは、まるで反対である。殿舎《でんしゃ》の空気は、そこの主《あるじ》の気質によるのだろうか。

「更衣様――」

先達になっていた女房が几帳越《きちょうご》しに、こちらに聞こえないくらいの小声で、何かを伝える。幾《いく》つかの遣《や》り取りの後、年長の女房は几帳を半分だけずらし、染子と和泉を振《ふ》り返った。

「こちらへ。お話は手短に」

念押《ねんお》しされて、染子らは几帳の前に座る。ふと、苦みのある香りが鼻先をかすめた。

「……お久しぶりです」

和泉が挨拶すると、几帳から半分姿を覗《のぞ》かせた女人が、顔を隠していた扇をわずかにずらす。

秋の舞姫――だった。控えめな眼差《まなざ》し。憂《うれ》いを帯びた唇。たしかにあのとき見た、秋の舞姫なのだが。

「あの……わたしたち、いま麗景殿で女房をしていて、その、迷い猫を捜して、この近くまで来たんですけど……それで、せっかくなので、御挨拶を……」

「……そう」

ただそれだけ、更衣《こうい》は返事をする。

「えっと……あの、節会のときは、ありがとうございました。扇、助かりました」

「……いえ」

やはり、それだけ。だが、返ってくる言葉が短いことより、染子は別のことが気になっていた。

……秋の君って、こんな人だったかしら。

扇を届けてくれた秋の舞姫《まいひめ》は、いかにもやさしい感じだった。しかし、いま目の前にいる更衣は、妙《みょう》によそよそしい様子にしか見えない。

重苦しい沈黙の末、和泉が愛想笑いを浮《う》かべつつ、軽く咳払《せきばら》いをする。

「御気分が、お悪いんでしたっけ……ね」

「そ……そうでしたよね」

「じゃあ、あたしたちはこれで……」

「……」

更衣は無言で、すいっと横を向いた。別れの挨拶もないらしい。これ以上、反応を探《さぐ》るのは無理だろう。染子と和泉は仕方なく、取り次いでくれた女房に礼を言って、部屋を出る。

　せっかく秋の舞姫に会えたものの、すっきりしない気分で、染子と和泉は登花殿《とうかでん》を去るしかなかった。


「……どう思う？　あれ」

　来た道を戻《もど》るかたちで反橋を渡り、貞観殿《じょうがんでん》を抜《ぬ》けて、常寧殿《じょうねいでん》への渡殿《わたどの》を通っている途中で、和泉がささやくように訊《き》いてくる。

「何か……変な感じ。違う人みたい」

「……よね」

「もしかして……本当に物《もの》の怪《け》？」

「父親がそう言うくらいだものね……。顔色は悪くなかったように見えたけど、少なくとも、いまの秋の君は、扇を拾って届けてくれそうな様子じゃないわ」

　和泉は自分の扇をひらひらと眼前にかざし、ため息混じりにそう言った。

「そうよね。……亜相《あしょう》様にも、そうお伝えするしかないかな」

「それしかないでしょ。主上《おかみ》にどうお話しするかだって、亜相様にお任せするしかないわけだし」

渡殿を渡り終えると、簀子に冷たい風が吹《ふ》きつけてくる。染子と和泉は揃って首をすくめた。日の暮れが近くなって、ますます冷え込んできている。

建物の角を曲がろうとしたところで、和泉がぽつりとつぶやいた。

「……秋の君と女御《にょうご》様って、似たところはあるかしら」

「えっ？」

唐突《とうとつ》な和泉の言葉に、染子はつい大きな声を出してしまい、慌てて扇で口を覆《おお》う。

腕の中で猫が、少し手足をばたつかせた。

「……何？　似たところって……」

「だって、主上は秋の君みたいに、おとなしそうな女人がお好きなんでしょ。春の君みたいな、はっきりした美人よりも」

「うん。そういうことだよね」

「あのね、衛門はここに来て日が浅いから、まだ知らないでしょうけど、うちの女御様のところって、全然主上のお渡りがないのよ……」

ちょうど采女《うねめ》が数人通りかかり、すれ違《ちが》う。采女らが遠ざかってから、和泉が肩を寄せるようにして、早口で続きを言った。

「夜のお召《め》しもないし、初瀬さんに訊いたら、藤壺《ふじつぼ》と梅壺《うめつぼ》が強いものだから、主上が麗景殿にお見えになるのは、年に数えるほどなんですって」

「……そんなに少ないの」

「秋の君みたいに、女御様が主上のお心に適《かな》えばって思ったんだけど……」

それで、似たところ、というわけなのか。麗景殿の女御にも帝《みかど》の好みに近い部分があれば、もっと寵愛《ちょうあい》を得られるだろうと。

「でも、おやさしいところは、女御様だって同じよ。きっと主上は、あまりお会いにならないから、それを御存知ないだけ――」

言いながら和泉のほうを振り向いたそのとき、それまでずっとおとなしかった猫が、染子の腕から、するりとすべり下りた。

「あっ……」

慌てて紐《ひも》を引《ひ》き戻そうとしたが、焦《あせ》って逆に、紐を取り落としてしまう。猫は飛び跳《は》ねるように、離れていってしまった。

「衛門、あそこ、弘徽殿《こきでん》に……」

そうだ、この先に常寧殿から弘徽殿に行ける渡殿があったのだ。猫がそちらへ行ってしまったらまずい。染子はできる限りの速さで猫を追い、渡殿の手前ぎりぎりで、猫が引きずっていた紐の端を摑《つか》んだ。急に足止めされた猫は、またも不満の鳴き声を上げる。

「衛門、捕《つか》まえたっ?」

「つ、捕まえた……」

今度こそしっかりと紐を手繰《たぐ》り寄せ、ほっと息をつき——顔を上げ、染子はぎょっとして、そのまま固まった。

七、八人の女官らしき集団が、行く手に立ちはだかっている。そして、その先頭にいたのが、どこかで見た、すまし顔の美人。

「……見慣れない顔ね。どこの女房なの」

一緒《いっしょ》に五節舞《ごせちのまい》を献《けん》じたはずの春の舞姫——五節の尚侍《ないしのかみ》が、這《は》いつくばるようにして猫を抱《かか》えた染子を、冷ややかに見下ろしていた。

「あ……あら、見慣れないなんて、水くさい御挨拶ですこと」

いつのまにか追いついてきていた和泉が、染子を助け起こしながら、さっきの愛想笑いよりもさらに取り繕った笑顔で、言い返す。

「それとも、もうお忘れになられたのかしら。御一緒に主上の御前《ごぜん》で舞《ま》いましたのに」

「……舞？」

それでも尚侍は、怪《あや》しそうに染子と和泉を見ていたが、側にいた別の女官が何事か耳打ちすると、ようやく合点《がてん》がいった様子で、しかしますます冷めた目になった。

「五節舞の二人……。何故《なぜ》、ここに」

「あたしたち、麗景殿の女房《にょうぼう》ですので」

「麗景殿？」

尚侍の表情に、蔑《さげす》みの色が浮かぶ。

「それで、麗景殿の女房が、何故ここにいるの」

「御覧《ごらん》のとおり、猫が逃《に》げ出してしまって。でも、ようやく捕まえられましたから、これで退散しますわ」

まさか本当に逃げられて、口実を使うことになるとは思わなかったが、いまの有様を見ていたなら、疑いはしないだろう。というより、疑われると困る。

ところが尚侍を含む女官たちは、疑《ふく》いはしなかったものの、一斉に袖《そで》や扇で口元を隠《かく》し、くすくすと笑い出した。

「こんなところまで来ないと捕まえられないなんて、ずいぶんと鈍《にぶ》いこと……」

「あら、麗景殿の女房なら、そんなものでしょうよ」

「主《あるじ》が主なら、女房も女房ね」

「そもそも猫を逃がすなんて、だらしない……」

……疑われたほうがましだった。

宮仕えを始めて、まだ三日。だからといって、主まで馬鹿《ばか》にされて、腹が立たないわけではない。だが、右大臣《うだいじん》の娘相手に何か言い返せば、かえって面倒《めんどう》なことになるであろうこともわかっている。

染子は、やはり怒《いか》りで目を吊《つ》り上げた和泉と、そっと頷《うなず》き合った。さっきから何となく感じる、この粘《ねば》っこく、身に纏《まと》わりつくような空気が、五節の舞姫としてここに来たときに感じたものとよく似ていることに、いまさらながら気づく。

言い返しはしないが、愛想《あいそ》よくすることもないだろう。染子と和泉は、尚侍と同じすまし顔を作り、会釈《えしゃく》した。

「わたしたち、これで失礼します。お邪魔《じゃま》しました」

「ここに登花殿の更衣様もいらっしゃればよかったですね。そうしたら、久しぶりに舞姫が四人揃いましたのに」

和泉が秋の舞姫の名を出した途端《とたん》に、尚侍が無表情になる。……どうやら、尚侍にとっては、これだけで充分《じゅうぶん》な仕返しだったようだ。

一矢報《いっしむく》いたならば、あとは逃げるだけだとばかりに、染子と和泉が女官たちの脇《わき》をすり抜けようとすると、ふいにどこからか、男の声がした。

「登花殿の更衣が、どうかしたのか」

声がしたのは、常寧殿と弘徽殿を繋《つな》ぐ渡殿《わたどの》のほうからだった。振り向くと、渡殿の中ほどに、白い直衣《のうし》の裾《すそ》を引きずった、冠《かんむり》姿の二十五、六歳ほどの公達《きんだち》が立っている。下げ直衣に長袴《ながばかま》。その身なりで後宮《こうきゅう》を歩けるのは——

「主上……！」

女官の誰かが叫《さけ》び、その場にいた皆が、一斉《いっせい》に膝《ひざ》を折る。染子と和泉も、つられてしゃがみ込んだ。

「いま、登花殿の更衣の話をしていただろう。何の話だったのだ」

帝は忙《せわ》しない足取りで常寧殿に渡ってくると、詰問《きつもん》する口調で頭を垂れている女官たちを見まわした。

「い……いいえ、私どもは、別に何も……」

「ここに、今年の五節の舞姫が二人おりまして……。話をしたのは、この者です」

女官たちが次々と和泉を指さし、帝も和泉に目を留める。

「……今年の舞姫か？」

「はい。夏と、冬の者にございます」

和泉が落ち着いて頭を下げ、染子も猫を引き止めながら、それにならった。

「二人とも、更衣とともに舞ったのだな。……更衣に何かあったのか」

「いいえ。ただ、こちらに尚侍様がおいでになられましたので、ここに更衣様がいらっしゃれば、久しぶりに四人揃いますね、と申し上げたのでございます」

「……尚侍？」

帝はそこで初めて、尚侍の存在に気づいたようだった。どうやら通りすがりに登花殿の更衣の名が耳に入って、飛んできただけらしい。さすがに無表情の尚侍が、少々気の毒に思えた。

「そうか。……更衣がいたわけではないのか」

帝は顔面蒼白《そうはく》の尚侍にはお構いなしに、ため息をついて落胆《らくたん》する。

「……登花殿の更衣様は、近ごろ御気分が優《すぐ》れないそうで、御心配でございますね」

何の気なしにそうつぶやいてしまったのは、帝があまりにも落ち込んでいるように見えたからだろうか。

だが、次の瞬間、帝はすごい勢いで染子を振《ふ》り返った。

「何故そのことを？」

「えっ？　あ、いえ……」

しまった。無表情の尚侍を囲む女官たちが、すごい目でこちらを睨《にら》んでいる。

「おまえは……その姿、女房か。登花殿の女房なのか？」

「い、いえ。麗景殿《れいけいでん》です」

「麗景殿……」

帝が、ふっと懐《なつ》かしそうに目を細めた。

「そういえば、久しく行っていないな。……そうだ、後で顔を出そう。弘徽殿に寄ってからそちらへ行くと、麗景殿の女御に伝えよ」

「！　は……はいっ」

返事をすると、帝はさっと踵《きびす》を返し、渡殿を戻《もど》っていく。

「……いまの、お渡りがあるってことよね」

「うん。……これから？」

「これからだわ」

顔を見合わせ——和泉と染子は、勢いよく立ち上がった。

「大変！　女御様に早くお知らせしないと」

「い、行こう。帰ろうっ」

この場を去る、絶好の口実ができた。女官たちがまた何か言い出す前にと、染子と和泉はすぐに駆《か》け出し、足をもつれさせながらも后町《きさきまち》の廊《ろう》に転がり込む。

「ちょっ……待っ、息、苦し……」

「和泉、早く戻らないと……」

「あ、あなた……走って、平気、なの？」

もう息が切れてしまったらしい和泉の腕と、またも脱走《だっそう》しかけた猫の紐を引っぱりつつ、染子はよろよろと廊を渡った。

「わたし、ちょっとなら、走れるの。宇治で、よく動いてたから……」

「あ……あたし無理。お願い、休ませて」

渡りきったところで、とうとう和泉が座り込む。猫がぐったりしている和泉の裳《も》にまとわりついて、遊び始めた。

「……秋の君のこと、うっかり言っちゃったけど、いけなかったかな……」

「いいんじゃ、ないの？　結果として、主上《おかみ》が、来てくださる……ことに、なったんだし……」

和泉が青い顔で、大きく息をつく。

「……けど、あれ……あたしたちに、直接、秋の君の話を、聞くため、かも……」

「あー……そうかも……」

更衣《こうい》の消息を知るために、帝《みかど》が麗景殿の女御《にょうご》を尋《たず》ねるというのなら、今度は女御が気の毒だ。

「……女御様には、知られないようにしないとね」

「そうね……」

息が整ったのか、和泉は柱にすがりながら腰を上げた。

「あたし、女御様が好きなのよ。おおらかでおやさしくて。……人の気持ち、まして恋心なんて、他人にはどうしようもないってことはわかるけど、主上があそこまで、更衣更衣って仰《おっしゃ》るのは、やっぱり悔《くや》しいわ」

「……うん」

それは自分もわかる。だが、そうまで想っていても、人伝《ひとづ》てにでもなければ恋しい相手の様子を知ることすらできず、焦《あせ》る帝の気持ちも、わかるような気がする。

もしかしたら、秋の舞姫《まいひめ》と言葉を交《か》わしさえしなければ、そうは思わなかったかもしれない。それほどあのはかなげで美しい微笑《びしょう》は、印象に残っていた。

……秋の君は、どう思ってるのかな。

できれば尋ねてみたかった。帝に、いや、一人の相手にこれほどまで強く想われることへの、自分の気持ちを。

それとも、別人のようなあの頑《かたく》なな様子が、何かの答えなのだろうか。

「もう歩けるわ。戻りましょ」

「うん……」

まだふらついている和泉に手を貸しながら、染子は猫を抱《かか》え上げた。


帝の来訪がある――染子と和泉の知らせにより、麗景殿はにわかに騒《さわ》がしくなった。何しろ帝自ら麗景殿に足を運ばれるのは、夏の初め以来だというのだ。

女房たちは大急ぎで、部屋を片付けたり身なりを整えたりし出したが、当の女御はおっとりとして、特別何をするふうでもなく、さっきから筆を持ち、戯《たわむ》れ書きをしている。

「女御様、こちら片付けてもよろしゅうございますか」

「あら、そのままでいいじゃない。あまり取り繕《つくろ》うのもつまらないわよ」

女御は笑って、床《ゆか》に散らばったままになっていた、葦手《あしで》の書かれた紙を拾おうとする女房を制した。そうしている間に、先触《さきぶ》れの女官が帝の到着を告げる。思ったより早い訪問に、女房らは慌《あわ》てて帝を出迎《でむか》える。

「まぁ、主上……。ようこそお運びくださいました」

生駒に案内されて帝が奥へ入ると、女御はそこでようやく、筆を置いて振り向いた。

「無沙汰《ぶさた》をしてすまない。……王女御《おうのにょうご》、以前より痩《や》せたか？」

「夏に少し病《や》みまして、里に帰っておりました。いまは、もう……」

「そうだったか……。知らなかった」

染子と和泉は、几帳《きちょう》を隔《へだ》てて待機している女房たちの一番後ろで、扇《おうぎ》で顔を隠《かく》し、じっとしていた。女御の前で、登花殿《とうかでん》の更衣のことを尋ねられたら困る。

「葦手を書いていたのか」

帝が、女御の傍《かたわ》らに座ったようだった。

「練習しているのですが、なかなか上手く書けないものでございますね」

「そういえば王女御は、絵が得意ではなかったたな」

「憶《おぼ》えておいでだったのですか？　お恥《は》ずかしい……」

女御の声が、常より華《はな》やいで聞こえる。やはり嬉《うれ》しいのだろう。そう思うと、帝の恋心に対しても、複雑な心境になってくる。

「葦手なら、亡き中務卿宮《なかつかさきょうのみや》がとても巧《たく》みに書かれていたな。……そうだ、私も何枚か中務卿宮に書いていただいたことがあるから、あなたに分けてあげよう。手本にするといい」

「本当ですか？　嬉しい……」

女御が声を弾《はず》ませれば弾ませるほど、更衣の様子を帝に伝えてはいけないような気になってくる。

帝はしばらく女御と話していたが、さほど時間が経《た》ったとも言えないうちに、腰を上げてしまった。

「今日は思いついてこちらに寄ったが、そろそろ日が暮れてしまうな。また後日あらためて、もう少し早くに訪ねよう」

「お戻りでございますか？　では、お見送りを……」

「葦手の手本は、女房《にょうぼう》にでも取りに来させてほしい。明日には渡せるよう、用意しておくから。誰か私の見知った女房を――」

嫌《いや》な予感というのは、大抵《たいてい》当たる。帝が几帳の反対側にまわりこんできて、そこにいる女房たちを見まわした。

「そういえば、ここには五節《ごせち》の舞姫を務めた女房がいたな。その女房を寄越しなさい」

「……明日でよろしゅうございますか？」

「ああ。明日、必ず」

扇の陰《かげ》で、染子は和泉と渋《しぶ》い顔を見合わせる。……これでは、明日どうしたって、自分たちが帝のもとへ出向かねばならない。

帝の短い滞在《たいざい》の後、染子と和泉は麗景殿の女御の前に呼ばれた。

「何か、あったのかしら？」

「……」

いつもどおりの笑顔と穏《おだ》やかな口調だが、有無《うむ》を言わさぬ雰囲気《ふんいき》である。染子と和泉がうつむいたまま黙っていると、女御は小さく苦笑《くしょう》した。

「怒っているわけじゃないのよ。ただ、どう考えてもおかしいでしょう？　しばらくあなたたちの姿が見えないと思ったら、急に主上のお渡《わた》りがあって、明日は五節の舞姫を寄越《よこ》すように、なんて……」

「……」

「それとも、わたくしには話せないことかしら？」

話せないというか、話したくないというか。別に、有道から口止めされているわけでもないのだが。

「……あの、実は……」

先に口を開いたのは和泉だった。有道からの依頼《いらい》を言いにくそうに説明し、今日の顚末《てんまつ》も報告する。登花殿に向かってからのことは、染子も和泉と交互《こうご》に話をした。

「そう……。いくら呼んでも黒の侍従《じじゅう》が現れなかったのは、あなたたちが連れ出していたからだったのね」

気を悪くするかと思いきや、女御がまず持ち出したのは、猫の行方《ゆくえ》だった。

「すみません、勝手なことをして……」

「わたくしに言えなかったのはわかるけれど、今度からは、ひと声かけてね」

女御は脇息《きょうそく》にゆったりともたれ、ちょっと困ったように微笑《ほほえ》む。

「主上が秋の舞姫をお気に召《め》したという話は、わたくしも聞いているわ。でも、せっかくお召しになったのに、お側《そば》に置くこともままならないなんて、主上もおかわいそうね。主上には、明日、更衣のことをお話ししてさしあげるといいわ」

「え。……いいんですか？」

「だって、そのために苦労して登花殿まで行ったのでしょう」

「……」

女御は、笑っていた。

笑っていたが、その表情が寂《さび》しげに見えたのは、灯《あか》りの揺らめきのせいだろうか。

何か言わなくてはいけないような気がして、だが、何を言えばいいのかわからず、染子が唇を嚙《か》んでいると、突然、表のほうから、誰かの悲鳴が聞こえた。

「──何事です」

生駒が厳しい声で問うと、女房の一人が慌てて入ってくる。

「す、すみません、大声を出して……。見慣れぬ猫が紛《まぎ》れ込んできたもので」

「まぁ、またなの？」

「はい……。おそらく梨壺《なしつぼ》と思われますが、いま入ってきたのは、一度も見たことのない猫でして」

その場にいた皆の目が、一斉《いっせい》に染子に向けられた。

「……な、何ですか？」

「衛門、出番よ」

「はい？」

報告に来た女房が、染子に詰《つ》め寄ってくる。

「実は、ここ、よく梨壺で飼われている猫が入ってきてしまうの。隣《とな》りだから」

「はぁ」

「鵺《ぬえ》の宮は、どうも猫を繋《つな》いでおかずに飼っているらしくてね。入ってくるたびに、誰かが返しにいく破目《はめ》になるのだけど」

「……わたしが、ですか」

「あなた鵺の宮が平気なんでしょ？　ね、お願い」

「あの、梨壺の猫だというのは、確かなんですか？」

いまさっき、一度も見たことのない猫だと言っていなかったか。

「十中八九、梨壺の猫よ。だって梨壺の猫って、どれもすっごく不器量《ぶきりょう》なんだもの」

「……」

つまり、侵入《しんにゅう》してきたのは、お世辞にも可愛《かわい》くない猫だったようだ。

振《ふ》り向くと、女御がにっこりと笑い、頷《うなず》いた。

「衛門、行ってきてね」

「……はい……」

どうやら追い出し役以外にも、暁平に関わる仕事は、いろいろとありそうな気配である。

迷い込んできた猫は、毛色こそ真っ白で艶《つや》があったが、顔を見ると、世の中に何か恨《うら》みでもあるのかと尋ねたくなるほど、厳《いか》つく気難しそうな面構《つらがま》えであった。そして何より、ずんぐりとして重い。抱えて運ぶのは無理だと判断し、染子はまたも、猫の首に紐《ひも》を付けて引いていくことにした。

「そうそう、そのまままっすぐ歩いて。そのまま……」

片手に灯《とも》りを点した手燭《てしょく》を、もう片方の手に紐の端を持ち、染子は麗景殿《れいけいでん》と梨壺を繫ぐ渡殿《わたどの》を、丸々とした白猫を誘導《ゆうどう》しながら進んでいく。猫は思いの外《ほか》おとなしく、さっきからひと声も発しない。

渡りきったところは、梨壺の殿舎の端だった。梨壺は敷地《しきち》の内に、二つ建物があるという。南側の殿舎のほうが大きく、暁平に仕える女房たちも、そちらのほうに多くいるはずだから、誰か見つけて託《たく》してくれればいいと、麗景殿を送り出されたのだが。

「……」

辺りを見まわしたが、もうすっかり格子《こうし》は閉じていて、当然ながら、簀子《すのこ》には誰の姿もない。渡殿は南側の殿舎にしか通じていないので、この建物のほうで人を探せばいいはずだ。

吐《は》いた息が、白く広がる。まっすぐ進むか、右に曲がるか。

と、白猫が染子の前に出てきて、のしのしと先導するように歩き出した。右に曲がった猫を追って、染子もそちらへ向かう。

やがて白猫は、方角としては南西側と思われるところの妻戸《つまど》の前で止まった。

「……ここ？」

思わず、猫に確かめてしまう。猫は無言で、ただそこが開くのを待っているかのように、じっと妻戸を見据《みす》えていた。それ以上、動く気配はない。

意を決して、染子は戸を押した。軋《きし》んだ音が、やけに大きく響《ひび》く。妻戸が開くなり白猫は、中に入っていった。そのまま止まることなく、ずんずん進む。

「ちょっとちょっと、待って……」

紐はそれほど長くない。猫に引きずられるように、染子も殿舎の内に入ってしまう。

「あの、どなたか……どなたかいらっしゃいませんか……」

本当に人がいるのか疑わしくなるほど、辺りは静かだ。歩いているのは南廂《みなみひさし》のはずだが、女房の局《つぼね》に使われている様子もなく、何も置かれていない。

「あの……」

もう一度声をかけたとき、前方の御簾《みす》が上がり、女房が一人、顔を出した。

「……どちら様でございましょう」

しわがれた声のその女房は、いったい幾《いく》つなのだろうか、髪はほとんど白く、背も丸く見える。

「あ……わたし、麗景殿の女房で、衛門と申します」

「おや。……また猫がお邪魔《じやま》しましたか」

「この子、こちらの猫でしょうか?」

染子が猫とともに近づくと、老女房は目を眇《すが》め、ゆっくりと首を傾《かし》げた。

「さぁて……ここは猫が、増えたり減ったりしますので。……お寒いでしょう、中へお入りなさいませ」

染子が返事をする前に、老女房が上げた御簾を、白猫が先にくぐってしまう。まだ紐を離すわけにもいかず、仕方なく染子も御簾の内に入った。

「失礼いたします。……猫をお確かめいただけますか?」

「はいはい。少しお待ちを……」

動くのも億劫《おつくう》なのではと思いきや、老女房は意外としっかり立ち上がり、奥へ行く。

猫は紐を付けたまま、そこにあった火桶《ひおけ》の傍らで、丸くなってしまう。

「……」

染子はその場に腰を下ろすと、手燭を置いて、何となく周囲を見まわした。几帳《きちよう》が立ててあり、円座《わろうだ》が幾つか出してあり、これといって、おかしなところはない。ごく普通の部屋である。住まいまで変わっているというわけでもないようだ。

たいして待ってもいないうちに、奥から衣擦《きぬず》れと足音が聞こえてきた。

「あれ――小染の君」

出てきた暁平は、染子を見て、ちょっと驚《おどろ》いた表情をする。

「こんばんは。お邪魔しております」

「うん。どうしたの」

「この猫、御存知《ごぞんじ》ですか？」

染子が丸くなっている白猫を手で示すと、暁平は火桶の側に座って、覗《のぞ》き込んだ。

「……昨日、もらってきたばっかりの猫だねぇ」

「昨日ですか？」

「そうそう。もとは平　宰相《たいらのさいしょう》が飼ってたみたいなんだけどね、育ったらあんまり可愛くなくなっちゃったから、誰かもらってくれないかって、昨日、清涼殿《せいりょうでん》で押《お》し付け合いしてるところに通りかかって」

「まぁ、酷《ひど》い。そんな理由で手放すなんて……」

たしかに顔は何とも言えないが、おとなしく、毛並みも良いものを。

「……こいつ、麗景殿に入っちゃった？」

暁平は片膝《かたひざ》を立てて座り直すと、白猫の背を、手の甲《こう》でそっと撫《な》でる。猫はまるで構わず、微動《びどう》だにしない。

「はい。さっき……」

「そうかぁ。ここに来ても寝てばっかりだから、外に出ないと思ったんだけどねぇ」

「いつのまにか廂の隅《すみ》で寝ていたので、皆がびっくりしてました」

染子が笑うと、暁平は立てた膝の上に顎《あご》を載《の》せ、どこか愉快《ゆかい》そうに、こちらに視線を向けた。

「名前、小染の君が付けなよ」

「えっ？」

「こいつ、まだ名前付けてないんだ」

「……もともとの名前は？」

「さぁ、聞いてないなぁ。平宰相は、猫猫猫って言ってたから、ないのかも」

これほど大きくなるまで名前がなかったとは考えにくいが、愛着がなくなったら、そんなものなのかもしれない。染子は小首を傾げ、猫に目をやった。……どうもこの寝姿《ねすがた》は、何かに似ている。

「……餅麻呂《もちまろ》」

「んっ？」

「餅麻呂はどうですか」

暁平は一度大きく目を見開き、猫を見て、それから吹《ふ》き出した。

「いいねぇ。そっくりだ。白くて丸くて重くて」

「重かったですよー」

「はは……決まった決まった。おまえは餅麻呂だ。なぁ、餅麻呂。ははは……」

餅麻呂は、寝ている間に新しい名前が決められたことを知ってか知らずか、暁平に思いきり撫でまわされ、さすがに迷惑《めいわく》そうに低く唸《うな》ったが、それでも動かない。

染子もつられて笑っていたが、まだ餅麻呂に紐を付けたままだったのを思い出し、手を伸ばす。

「宮様、餅麻呂の紐、外しますね」

「うん。――麗景殿では、猫はみんな繋いでるの？」

「半分くらいですね。おとなしい子や小さな子は、繋いでません」

そう答えながら、首の紐を解くため猫のほうに少し近づいたそのとき、やわらかな甘い香りに気がついた。

……あ、これ……。

節会の日にもらった、白梅の絵の扇《おうぎ》と同じ匂《にお》い。……いまは、暁平の袖《そで》から香《かお》っている。暁平が好んで使っているのだろうか。

髪は今日も下ろしたまま。何も被《かぶ》っていないし、直衣《のうし》も着崩《きくず》している。

でも、この香りはとてもゆかしく、品がある。

……不思議な人。

見た目はおかしいのに、一緒《いっしょ》にいると、何故《なぜ》か落ち着いてしまう。怖《こわ》さより先に、親しみを覚えてしまうのは、自分だけなのだろうか。

「……はい、解けました」

顔を上げると、暁平は片膝を抱《かか》え、穏《おだ》やかな微笑《びしょう》を浮《う》かべていた。

「……きみは、変わってるねぇ」

「えっ？」

やっぱりきれいな顔をしている——などと考えていると、暁平がいつもより幾らか抑《おさ》えた声で、そうつぶやいた。

「だって、いままでどの女房《にょうぼう》も、猫を置いたらすぐ帰ったのに」

「それは……本当にこちらの猫か、確かめませんと……」

「確かめなくても、みんな帰ったよ？」

「……」

暁平は染子から視線を外し、火桶に手をかざす。

「あのね。……あんまりここにいるとね、鵺《ぬえ》になるんだよ？」

「……え？」

「私が鵺だから。私と話していると、きみもそのうち、鵺になるよ」

「……」

怖がらせているのだろうか。暁平がどうして急にこんなことを言い出したのかわからず、染子はただ、灯《あか》りに照らされた横顔を見ていた。

「鵺になると……どうなるんです？」

「私みたいになるよ」

「なら、そんなに困りませんね」

暁平が、ゆっくりと振《ふ》り返る。

「どうして？」

「だって、わたしはもともと、烏帽子《えぼし》も冠《かんむり》も被る必要はありませんし」

「……」

「それから、宮様ほど力持ちじゃありませんので、誰かを担《かつ》いで走るのも無理です。……鵺になったら、力持ちになりますか？」

ごく真面目にそう返すと、暁平は再び吹き出した。

「なるかなぁ？　なったらどうする？」

「便利ですね。餅麻呂も抱えて歩けます」

「そうかぁ。……困らないのかぁ」

「はい」

頷《うなず》くと、暁平はすっと笑いを収める。

「でも、人に怖がられるよ？」

「……」

私のように、と、暁平が付け加えたのが、聞こえたような気がした。

「人は、流されるから。誰かがきみを鵺の仲間だと言えば、みんながきみを、鵺だと思うよ」

「……そうかもしれませんね」

こんな話をする、暁平の意図はわからない。意図なんてないのかもしれない。だが染子は、言われたとおりに暁平を恐《おそ》れることが、何故かできなかった。

「でも、わたし、鵺に仲間がいても、いいと思います」

頭で考えたのでなく、心で思ったままに、染子はそう告げていた。

「人は、一人じゃ寂《さび》しいときもあります。……鵺だって、仲間がいたほうが、きっと寂しくないですよ」

「……」

暁平は口の端《はし》を奇妙《きみょう》にねじ曲げ、困ったようにも、怒《おこ》ったようにも見える表情で、また片膝を抱え込む。

「そんなこと言って、食われても知らないよ?」

「え?」

「鵺は怖いんだよ。仲間だなんて思って近づいたら、頭からひと口で食われてしまうんだからね」

「……それは、大変ですね」

「そうだよ。大変だよ」

かじる真似《まね》でもしているつもりか、暁平が剝《む》き出しにした歯を鳴らすので、それがかえっておかしくて、染子は声を立てて笑ってしまう。

ひとしきり笑って、ふと気づくと、暁平はさっきよりももっと穏やかな笑みを唇に刻んで、染子を見ていた。

燭台《しょくだい》の火が燃える、微《かす》かな音がする。

辺りは息をするのもためらうほど、静かだった。

急に、これ以上ここにいてはいけないような気がして、染子は腰を浮かせる。

「あ……な、長居してすみません。戻《もど》りますね」

「……うん」

「それじゃ、また……」

また——また、何だというのか。

手燭《てしょく》を持ち、逃げるように御簾《みす》をくぐる。

どうやって帰ってきたのかはわからない。気がつくと、染子は麗景殿《れいけいでん》の自分の局《つぼね》にいた。

「……」

ここにいると鴆になると。仲間だと思われたら怖がられると言いながら。

何故、あんなにやさしく微笑《ほほえ》むのだろう。

考えなくてはならないことが山ほどあるように思うのに、頭がぼうっとして、何を考えればいいのかさえまとまらず、染子はしばらく、火照《ほて》った頬《ほお》を押さえていた。

＊＊　＊＊　＊＊

「……いまの姫君が、今年の五節《ごせち》の舞姫《まいひめ》を務められた方でございますね」

暁平が目を上げると、先ほど取り次ぎをした白髪《はくはつ》の老女房が、いつのまにか几帳《きちょう》の陰《かげ》に座っていた。

「左衛門大尉《さえもんのだいじょう》の妹だそうだよ」

「はい。衛門と名乗っておられました」

言いながら、老女房はほとんど音もなく近づいてきて、染子が落としていった紐《ひも》を拾い上げる。

「お忘れ物でございますね。お返ししてきますか」

「紐だけなら、またの機会でいいだろう。……もう来ないかもしれないが」

「そうでございましょうか」

老女房の頬の皺《しわ》が、わずかに動いた。笑ったのだろう。

「……亡き六の宮様のお供で、宇治においでだったそうでございます」

「誰が」

「いまの姫君と、そのお身内の方々が」

「……おまえはそういう話を、いったい誰に聞いてくるんだ？　倉橋《くらはし》」

倉橋と呼ばれた老女房は、とぼけた様子で体ごと首を傾《かし》げる。

「はぁて、どなたでございましたか。……そういえば、六の宮様が宇治にお住まいでいらしたのは、時期にすると、七年前からの三年間ほどだそうで……」

「……」

暁平の視線を、倉橋はさりげなく受け流した。

「六年前は……都にいなかったのか」

「お年を考えましても、そのころはまだ十かそこらでございましょう。あまり、人の噂話《うわさばなし》などに、気を向ける年ごろでもございませんかと」

「……よく知らないから、恐れないのか」

「そうかもしれませんが、そうではないかもしれません」

「どちらだ……」

暁平は呆《あき》れたような表情で、微かに眉《まゆ》をひそめる。

「私は姫君ではございませんので、何とも。……それでは、私はこれにて下がらせていただきます」

腰を上げ、倉橋はするすると部屋を出ていった。白い猫は、相変わらず火桶《ひおけ》の横で丸くなって眠っている。

「……」

暁平は片膝《かたひざ》に頬杖《ほおづえ》をつき、そのまましばらく、じっと埋《うず》み火《び》を見つめていた。

＊＊　　＊＊　　＊＊

帝《みかど》から直々《じきじき》に、取りに来るよう言われているのだから、堂々と歩けばいい。そうは思っても、やはり麗景殿を出ると、どうしても人目が気になる。染子と和泉は帝から葦手《あしで》の手本をいただくべく、昨日同様、扇で顔を隠《かく》して清涼殿《せいりょうでん》に向《むか》かっていた。

だが幸いなことに、今日は帝に近侍《きんじ》しているという女官が迎えに来てくれたため、その後をついていけば、誰にも咎《とが》められずに済む。顔は隠しつつも、気分は昨日よりはるかに楽だった。

東西に延びるまっすぐな廊《ろう》を進み、弘徽殿《こきでん》の東南の角を曲がって、清涼殿に入る。弘徽殿の付近では、さすがに緊張《きんちょう》したものの、女官が先導していたせいか、あるいはすれ違《ちが》う人が多すぎて、いちいち気に留められていなかったのか、何事もなく抜《ぬ》けることができた。

「ここでお待ちを」

北廂《きたびさし》の隅《すみ》に染子と和泉を留め置いて、女官はいずこかへ姿を消してしまう。まさか、こんなところに帝が出てこられるのだろうか——そう思っていると、ほどなく案内してくれた女官が、手に硯箱《すずりばこ》の蓋《ふた》のようなものを持って、戻ってきた。

「急に左府《さふ》様がお見えになられ、主上《おかみ》はお時間がとれない御様子です」

「え……」

「麗景殿のお使いの方には、こちらをお渡しするようにとのことで、お預かりしてまいりました」

蓋の中には、ところどころに文字の混じった、水の流れるような絵が描《か》かれた紙が二枚、納められている。

「これが葦手のお手本ですか?」

「前《さき》の中務卿宮《なかつかさきょうのみや》様のお手跡《しゅせき》でございます。これを女御《にょうご》様に、と」

「ありがとうございます……」

染子が葦手の手本を受け取ると、女官は、それから——と付け加えた。

「主上からのお言伝《ことづ》てです。昨日の話は、源大納言《げんのだいなごん》に詳《くわ》しくお話ししておいてほしいと」

「……わかりました」

結局は、そういうことになるようだ。左大臣《さだいじん》の前で更衣《こうい》の話はできないし、待っていろとも言われなかったということは、左大臣がすぐに帰る気配もないのだろう。

だが、これで帝に更衣のことを訊《き》かれずに済む、と思うと、正直ほっとしていた。

横を見ると、和泉も同じように感じていたのか、少し気の抜けた表情になっている。

「では——もうお戻りいただいて結構です。失礼します」

女官は軽く頷いて、そのまま立ち去ってしまった。……どうやら帰りは、送ってはくれないらしい。

「まぁ……帰り方はわかるし……ね」

「けど、弘徽殿の脇《わき》を通るよ？」

「……なるべく急いで行きましょ」

それしかあるまい。

染子は右手で手本の入った硯箱の蓋を、左手で扇《おうぎ》を持ったが、片手では蓋を落としてしまいそうで、仕方なく顔を隠すのは諦《あきら》めて、両手で蓋を掲《かか》げ持つ。

清涼殿を出ると、冷たい風が吹いた。寒さに首をすくめつつ、染子は和泉とともに麗景殿に通じている廊に入ろうとする。

「……」

前を歩いていた和泉が、突然足を止めた。どうかしたのかと訊こうとして、染子は前方に、どこかの年若い女房《にょうぼう》が三人、廊を塞《ふさ》ぐように立っているのに気づく。

女房たちの一人がこちらを見て、あら、と声を上げた。

「今年の五節の舞姫は、どれも主上に取り入るのが上手いらしいわ。御覧《ごらん》なさいな、頂き物をしたようじゃないの」

「主上のお気に入りになって、さぞや気分がいいのでしょうね。弘徽殿の前を通りながら、あたくしたちに挨拶《あいさつ》もないなんて」

「……」

やけに偉《えら》そうである。

言っていることから察するに、弘徽殿の女房たちだろうか。面倒《めんどう》な人々に絡《から》まれてしまった。

「……相手にしないで、通り抜けましょ」

和泉が振《ふ》り返り、小声で告げる。同感だ。どう考えても関わらないほうがいい。

手に扇しか持っていない和泉が、染子を陰に隠すように先に立ち、弘徽殿の女房たちを避《さ》けて廊の端を通ろうとする。染子も女房らと目を合わせないように下を向いて、和泉に続いた。

無事、女房らの横を抜けられた――はずだった。

いきなり腰が強く後ろに引かれ、前のめりに転倒《てんとう》して強《したた》か両膝《りょうひざ》を打つ。衝撃《しょうげき》で床《ゆか》に落ちた硯箱の蓋が、派手な音を立てた。目の隅に、同じように転んだ和泉の姿が映る。

裳《も》を踏《ふ》まれたのだと理解したその瞬間、さっと伸びてきた手が、葦手の手本を拾い上げた。

「まぁ――これは美しいこと」

勝ち誇《ほこ》ったような口調に、甲高《かんだか》い笑い声が被《かぶ》さる。痛みを堪《こら》え、体をひねって振り向くと、三人の女房のうち二人が自分たちの裳を髪ごと踏みつけ、もう一人、口元に目立つ黒子《ほくろ》のある女房が、手本を二枚、高々と掲げていた。

「ちょっと、何するのよ！」

和泉が叫《さけ》ぶと、手本を奪《うば》った黒子の女房が、濃《こ》い紅を引いた唇をにんまりと歪《ゆが》める。

「これはもらっておいてあげるわ。おまえたちにはもったいないもの」

「馬鹿《ばか》言わないで！　それは主上が、麗景殿の女御様にくださったものよ。さっさと返しなさい！」

「まぁ、何て野蛮《やばん》な……。口の利《き》き方も知らないなんて、さすが麗景殿には、田舎者《いなかもの》ばかり——きゃっ!?」

皆まで言わせてやる義理はない。染子は思いきり体を翻《ひるがえ》し、裳を踏んでいる女房に体当たりする。反撃《はんげき》は予想していなかったのか、女房は悲鳴を上げて後ろに吹《ふ》っ飛び、勢い、黒子の女房の足元に転がった。

驚《おどろ》いた黒子の女房が大きくよろめき、その拍子《ひょうし》に手本を離す。

「……っ」

今度は和泉が跳《は》ね起きて、飛びつくようにして、落ちた手本を受け止めた。

だが、一枚は取り戻したものの、もう一枚がふわりと舞《ま》い上がり——折悪《おりあ》しく吹いていた風に乗って、廊の外へ出てしまう。

「あっ……」

すぐ近くに落ちてくれれば、拾いに行けただろう。しかし手本は、手の届く範囲《はんい》を越《こ》えて風に巻かれ、少し先に立っていた柿《かき》の木に引っ掛《か》かった。

「……うそ……」

和泉は青い顔でつぶやいたが、それでも取り戻《もど》した一枚は、しっかり胸に抱《かか》え込んでいる。染子ものろのろと起き上がり、外を見た。ほとんど葉を落とした柿の木の、それでも枝が密集したところに引っ掛かったのは、運が良かったのか悪かったのか。

気がつくと、騒《さわ》ぎを聞きつけたのだろう、弘徽殿や清涼殿のほうから、女房、女官、はては近くの陣《じん》から駆《か》けつけたか、滝口《たきぐち》の武士らしき者までがこちらを覗《のぞ》いて様子を窺《うかが》っていた。

いま、一時のことであろうが、風は弱まっている。次に強く吹いたら、あの手本はどこへ飛ばされてしまうか。

そのとき、途方《とほう》に暮れた顔をしていた和泉が、滝口の武士の姿を見つけて叫んだ。

「あ——あなた、そこのあなた！　お願い、あれを取って！　大事なものなの！」

ぽかんとしていた若い滝口の武士は、和泉に指さされて慌《あわ》ててこちらへ来ようとしたが、黒子の女房がそれを遮《さえぎ》る。

「来なくていい！　下がれ！」

「し、しかし……」

「おぬし、弘徽殿の命令を聞けないというのか!?」

滝口の武士の表情が、大きく歪んだ。そして一瞬だけ申し訳なさそうな顔をして、そのまま黙って踵《きびす》を返す。それが、その武士の答えのようだ。

和泉が悔《くや》しげに歯を食いしばり、黒子の女房は再び嫌《いや》な笑みを浮《う》かべた。もはや、助けはない。

「……」

人は、流されるから。

誰かがきみを鵺《ぬえ》の仲間だと言えば、みんながきみを、鵺だと思うよ。

木の枝に引っ掛かった白い紙を見つめ――染子は何故《なぜ》か、昨夜の暁平の言葉を思い出していた。

奇異《きい》なふるまいをすると、鵺と呼ばれるのか。

正気と思えないようなことをすれば、鵺の仲間と呼ばれるのか。

……いいわ。

あの葦手の手本は、帝から麗景殿の女御へ贈《おく》られたもの。女御に仕える者として、絶対に届けなければならないもの。……あれほど喜んでいた、主《あるじ》のために。

「和泉。……そっちの一枚は、必ず守って」

「えっ？」

「あっちは、わたしが守るから」

言うが早いか、染子は倒れたままめそめそ泣いている女房の裳を摑《つか》み、長く垂れた引腰《ひきごし》を摑むと、そこに縫《ぬ》いつけてある飾《かざ》り紐《ひも》を、力任せに引きちぎった。

「ちょっと、何す――」

和泉の裳を踏んだ女房が手を伸ばしてきたが、染子はその手を叩《たた》き、ついでにその女房の裳からも、引腰の飾り紐をむしり取る。それだけでその女房は怖気《おじけ》づいたのか、倒れた女房の側にしゃがんで、一緒《いっしょ》に泣き出した。

染子は構わず、引きずるほど長い髪を手早く半分に折り、紐の一本で結ぶ。さらに裳、唐衣《からぎぬ》と表着《うわぎ》の一枚、紅の長袴《ながばかま》まで脱《ぬ》ぎ捨てて、懐《ふところ》に入れていた扇をそれらの上に放ると、残った袿《うちぎ》と単《ひとえ》を足首のあたりまで端折《はしょ》り、もう一本の紐を帯の代わりにしてしっかり腰で結び、手際よく外出時の壺装束《つぼしょうぞく》と似た格好を作った。

和泉も、黒子の女房も、その他その場に居合わせた女房、女官――皆が呆気《あっけ》に取られて、そのさまを見ていた。

支度ができると、染子は何のためらいもなく廊から庭へ下りる。今朝方、霙《みぞれ》が降ったせいで、地面はぬかるんでいた。歩くと袴に覆《おお》われていない足の裏が、痛く感じるほど冷たい。

手本はまだ柿の木にあった。染子はすべらないよう慎重《しんちょう》に進み、木の下に辿《たど》り着く。

「……」

自分の背丈《せたけ》では、手を伸ばしてもとどかないところだ。……登るしかない。

太い枝を掴みながら、一番低い枝に足をかける。まだ届かない。幹に抱《だ》きつくようにして、低い枝に両足で乗った。そこからまた手を伸ばしてみるが、今度は垂れ下がる別の枝に阻《はば》まれて、うまく身動きがとれない。腕で枝を払《はら》おうともがくが、次第《しだい》に疲れてくる。

これが限界か――染子は、奥歯を噛《か》みしめた。

いまの自分には、木登りができる身軽さも、力もない。無茶をしてみたはいいが、勢いだけでどうにかなったのは、ここまでだった。

……あと少しなのに……。

気にしがみついているのがせいいっぱいで、もうあと一歩、登ることができない。それどころか、少しでも力を緩《ゆる》めたら、落ちてしまいそうだ。

自分の体が、髪が、こんなに重いなんて。

「ま――まぁ、あれ御覧なさいな、みっともない……」

黒子の女房の、うわずった、しかしありったけの侮蔑《ぶべつ》を込めた声が響《ひび》いた。

「どうかしているとしか思えないわ。これだから田舎者は――」

癇《かん》に障るその口調が、かろうじて幹にしがみついているだけの腕に、わずかな力を与える。怒《いか》りを拠《よ》りどころに、染子はもう一度、上へ行こうとした。

「――あーっ、木登りだぁ」

泥《どろ》のついた足の裏がすべり、慌てて踏み止《とど》まったのと、場違《ばちが》いにのん気な男の声が聞こえたのは、ほとんど同時だった。

辺りにざわめきが広がる。振り返ることもできずにいる染子のもとへ、力強い足音が近づいてきた。

「いいなぁ。私も登ろうかなぁ。――あれ、あそこに何かある」

「それ――それ、取ってください！」

もはや声すら出せない染子の代わりに、和泉が木に引っ掛かった手本を指さして、必死に叫ぶ。今度は黒子の女房も遮らない――いや、遮れなかった。相手は皇子《おうじ》だ。たとえそれが、鵺と呼ばれる人物だとしても。

「取ればいいの？　あ、わかったぞ。あれを取る競争だな。よーし――」

背後から覆《おお》い被さるように、暁平が木に登ってきた。染子がなかなか足を置けなかった二番目に低い枝に、履《くつ》のまま楽々と足をかけ、手本を素早く取り上げる。

「やぁ、取ったぞ、取ったぞー！」

はしゃぐ暁平に、染子がほっと息をつきかけた、そのとき。

「十数えたら手を離せ。私が必ず受け止める」

「……」

風が吹き抜《ぬ》けるように耳元で聞こえたのは、低いささやき。……別人のような。

聞き間違《まちが》いかと思う間に、暁平が飛び降りる。

いまのは――

「あれぇ、何だこれ。変な絵だなぁ」

やはり甲高い、気の抜けるような声だ。しかし。

「……っ」

十数える余裕《よゆう》さえなかった。いや、そもそもいまの言葉が本当に暁平の口から出たものかどうかも、さだかではないのだが。

「何だろうな、これ――うわっ!?」

ぐらりと体が後ろに傾《かし》ぎ、背中から地面に落ちることを覚悟《かくご》した染子は、聞き違いかもしれなかった言葉のとおり、暁平にしっかりと受け止められた。

「びっくりしたなぁ。登ったら降りるんだよ。落ちるんじゃないんだよー?」

言いながら、暁平はそのまま染子を抱き上げ、どこかへ運ぼうとする。

「み……宮様！　その子をこちらへ……！」

「え、そっち?」

いったいどこへ連れていこうとしていたのか。だが暁平は、素直に和泉の呼びかけに従って、向きを変えた。

「こっちです、こっち。その子、ここへ下ろしてください」

「ここだねー?」

まるで赤子を寝《ね》かせるように、暁平は慎重に、染子を廊《ろう》に下ろす。下ろしたとき、染子の足が暁平の直衣《のうし》の袖《そで》に触《ふ》れ、白い綾《あや》にべったり泥が付いてしまった。……いや、いまのは暁平が、わざと足をくっつけさせた、というより、袖で足を拭《ぬぐ》ってくれたような。

「あっ。足の形に土が付いたぞ」

責めているのではなく愉快《ゆかい》そうな口調で言い、暁平は葦手《あしで》の手本をもう興味のない様子で染子に向かって放ると、泥だらけの袖を広げた。染子はまだしびれている腕で、慌てて手本を受け止める。

「これは面白いなぁ。足の形に付くなら、手の形にも付くかな？」

言うが早いか、暁平は庭に駆け戻ると、体を屈《かが》めて泥の中に手を突っ込んだ。成り行きを見ていた女房《にょうぼう》、女官たちのあいだから、小さく声が上がる。

「どれどれ。——ははぁ、付いたぞ、付いたぞ」

暁平は泥だらけの手で自身の直衣にべたべたと触《さわ》り、すっかり手形だらけにしてしまった。それがとても楽しいような素振《そぶ》りで、暁平はもう一度、手に泥を付けにいく。

「衛門……」

皆が暁平に注目している間に、染子が脱ぎ捨てたものを小脇《こわき》に抱えた和泉が、側に来て染子にささやいた。

「立てる？　お手本貸して。あたしが持っていくから」

「和泉……」

「身支度《みじたく》は帰ってからにして、いまはとにかく、ここから離れましょう。これだけは女御《にょうご》様に、絶対お届けしないと」

「……うん」

手本を渡し、和泉の手を借りてどうにか腰を上げる。染子が立ったのを見計《みはか》らったかのように、暁平も泥まみれの手で振《ふ》り返った。

「もっと何かに付けたいなぁ。――あ」

暁平の視線は、黒子《ほくろ》の女房に向いている。一瞬、その場が沈黙に包まれた。

「あったー！」

「ぎゃあああああっ!!」

嬉々《きき》として乗り込んできた暁平に、逃《に》げ損ねてあっというまに裳《も》を泥手形だらけにされた黒子の女房が、さっきまでのすまし顔が台なしの悲鳴を上げる。つられて居合《いあ》わせた者たちも、口々に何かわめき始めた。

「衛門、早く！」

巻《ま》き添《ぞ》えになってはたまらないと、女房女官が一斉《いっせい》に逃げ出して大混乱になる中、染子は和泉に急《せ》き立てられ、よろよろと走り出す。

……宮様……。

走る途中で振り返ると、暁平は誰を追うこともなく、むしろ誰にも自分たちを追わせまいとしているかのように、廊の真ん中に立っていた。

その背が何故《なぜ》かひどく寂《さび》しげに見えて、染子は思わず足を止める。

「衛門、早く……」

「……」

戻《もど》りたい。でも、きっと、いまは戻ってはいけない。

染子は唇を嚙んで、暁平に背を向けた。


麗景殿《れいけいでん》に帰ると、いつも掃除に来る女孺《にょじゅ》が弘徽殿《こきでん》前での騒《さわ》ぎを聞きつけ、先に知らせていたらしく、女房仲間らに一斉に取り囲まれ、無茶を心配されながら世話を焼かれた。和泉は戻ってきて気が緩んだのか、泣きながら足を洗ってくれたが、ほとんど暁平の直衣で落ちていたので、それほど汚《よご》れてもいなかった。

身なりを整えてから、和泉とともに女御の前に出て、まず葦手の手本を皺《しわ》くちゃにしてしまったことを詫《わ》びると、女御は両手で口を覆い、深く息をついた。

「……あなたたちが無事でよかった……」

「女御様――」

「主上《おかみ》のお心遣《こころづか》いは嬉《うれ》しかったけれど、わたくしがお情けをいただくと、それを良く思わない方々はたくさんいるから……。あなたたちにまで嫌《いや》な思いをさせてしまって、悪かったわ」

「そんな……そんなことないです、女御様」

「そ……そうですっ。あの、むしろわたしがやりすぎちゃって……」

弘徽殿の女房に体当たりした挙句《あげく》、裳の飾《かざ》り紐《ひも》まで強奪《ごうだつ》したのだ。頭に血が上って後先考えずにやってしまったが、完全に弘徽殿を敵にまわしてしまったかもしれない。

「……先に裳を踏《ふ》み、手本を奪《うば》ったのは、あちらの女房でしたね？」

女御の横にいた源命婦《げんのみょうぶ》が、静かに尋《たず》ねる。

「は、はい。ここに黒子のある女房に、挨拶《あいさつ》もなしに通るのかと、咎《とが》められました。でも、その女房は明らかに、主上からの頂き物が気に入らない様子でしたので、無視して戻ろうとしたんですが……」

和泉が口元を指さすと、源命婦が納得《なっとく》したように頷《うなず》いた。

「その女房なら心当たりがあります。たしか弘徽殿の中でも、あまり評判は良くなかったはず……。いずれにせよ、主上の下された物に手を出すなど、無礼極まりない。こちらに非はないことを明らかにしておくためにも、主上には私のほうから、御説明申し上げておきましょう」

「頼むわね、命婦」

「それと、梨壺《なしつぼ》の宮様にですが……」

女御とその場にいた女房たちが、何となく、互《たが》いの顔を見合わせる。

「……助けていただいた……ということになるのかしら？」

「でも、あの宮様のことですし……」

「結果としては……ですが……」

「……」

暁平が意図的に手助けしてくれたのか、単純にいつもの尋常《じんじょう》ならざる行動が、偶《ぐう》然《ぜん》こちらに有利に働いただけなのか、判断がつかないといった雰囲気《ふんいき》だ。

「あのー……」

染子がおずおずと、手を挙げる。

「わたしが、宮様に御礼《おれい》を……」

「行ってくれる？」

「助けていただいたの、わたしですし……」

そう言うと、女御も女房たちも、明らかにほっとした表情になった。

「ああ、じゃあ、そうしてくれるかしら」

「そうね。衛門が行ってくれれば……」

「帥《そち》の宮様にお願いして、何か御礼になるようなものでも……」

やはり自分が梨壺の当番ということのようだ。染子は黙って、一礼する。

大暴れしてしまったが、事情が事情だったこともあり、特に叱《しか》られることもなく、むしろよく手本を守ったと労《ねぎら》われて、染子と和泉は女御の前を辞した。

「……あなたは、どっちだったと思ってるの？」

自分たちの局《つぼね》に戻る途中、和泉がぽつりと、染子に訊《き》いてくる。

「どっちって？」

「宮様のこと。助けてくださったのか、偶然だったのか」

「……」

染子は廂《ひさし》に下りて、御簾《みすご》越しに外を見た。塀《へい》の向こうに、梨壺の建物がある。

「わたしは……別のことが、気になってるの」

「別のことって？」

「宮様が本当に、おかしい方なのかどうか」

「……おかしくないかもしれない、ってこと？」

和泉は困惑《こんわく》した様子で視線をさまよわせ、苦笑《くしょう》した。

「それは……ないでしょう。正気なら普通は耐《た》えられないわ。あんな格好も、あんなふるまいも……。第一、そんな真似《まね》する意味、どこにもないじゃない」

「……そうよね」

皇子《おうじ》として生まれ、東宮《とうぐう》にもなれたかもしれないのだ。いたずらに奇人《きじん》の真似事をして、暁平に何も利はない。ただ誰も近寄らなくなるだけだ。

「やっぱり、偶然だったのかしらねぇ」

和泉がため息混じりにそう言って、首をひねる。

「思わず宮様に、取ってくださいって頼んじゃったけど、よく考えたら危なかったのよね。言うとおりにしてくださるとは限らないんだから」

「……」

奇人の真似事をする意味はないとわかっていて、それでも迷うのは、そこなのだ。暁平はたまにとぼけたことは言うが、意思の疎通《そつう》ができなかったことはない。会話をすれば、案外普通だとも思う。突拍子《とっぴょうし》もないことをしても、こちらが本気で困るようなところまではいかないのは、どこかで加減をしているのではないかとさえ考えてしまう。

豊明節会《とよのあかりのせちえ》の日――もし、あのまま御所《ごしょ》から出られていたら。おいそれとは戻れない場所まで連れ出されていたら、自分はもっと恐怖を感じたかもしれない。だが暁平は内裏《だいり》に止《とど》まった。五節舞《ごせちのまい》には充分《じゅうぶん》間に合ったし、節会への影響《えいきょう》もなかったはずだ。

そして、さっきの言葉。

十数えたら手を離せ。私が必ず受け止める。

……聞こえたのは、低い、大人の男の声だった。あれは節会の日に、連れまわして
ごめんと自分に詫びたときの、暁平の声と同じではなかったか。

手本を取っても、暁平は木の下から立ち去らなかった。背中を向けもしなかった。

もうしがみつく力もなくて、落ちるしかなかった自分を助けるために、そこに残って
くれていたのではないのか。

そう考えては――いけないだろうか。

「……どっちなのかは、わからないわ」

染子は梨壺のほうを見つめたまま、つぶやいた。

「ただ……宮様は、いい方よ」

「衛門――」

「いい方よ。……わたしはそう思ってる」

和泉に目を向け、そう言って微笑《ほほえ》むと、和泉は何やら複雑な表情になる。

「……あなたは見た目によらず度胸があるし、強いけど、いまのあなたの顔を見てる
と、さすがに心配」

「わたしの顔？」

「まるであの宮様に、恋してるみたい」

「……」

言われた意味がしばらく飲み込めず、染子はゆっくり、首を傾《かし》げた。和泉は慌《あわ》てて両手を振る。

「あ、別にね、ちょっとそんなふうに見えたっていうだけで、そうだろうと思ってるわけじゃないから。本気にしなくていいから」

「……恋？」

「だから気にしないでってば」

「って、あの、恋歌とかの、恋？」

「……」

「え？　……えーっ!?」

やっと理解できた。が、いったい自分は、どんな顔をしていたのか。

「えー……そうなの？　わたし、そうなの？」

「いや待ってあたしに訊かないで。ごめん本当にごめん。なかったことにして」

ものすごい早口で告げると、和泉は両手を合わせて頭を下げる。しかし、いまさら撤回《てっかい》されても、聞いてしまったものは仕方がない。

「えぇー……わたし、恋とかしたことないんだけど……」

「ああ、そうでしょうね。そうよね。いいの、そのままでいいの。気にしないで」

「気にするよ……」

「だから、ごめんってば」

失言だったと和泉は焦《あせ》っているが、染子はぼんやり目を瞬《まばた》かせ、自分の頬《ほお》に触《さわ》ってみる。……熱い。

「……ねぇ、でも、宮様って、宮様でしょ？」

「は？」

「恋してもいい人なの？」

「……ああ、立場がとか、そういう話？」

和泉は額を掻《か》いて、天を仰《あお》いだ。

「別に——しちゃいけない人なんていないでしょ。身分のことはあるから、結婚云々《うんぬん》とかは無理だとしても、ただ恋するだけなら、誰だっていいのよ」

「そっか……」

「でも、あの宮様は駄目《だめ》」

「え、何で？」

「決まってるでしょ！　……『鵺《ぬえ》の宮』なんだから」

一応その呼び名を大声で言うのははばかったのか、和泉は言葉の後ろ半分を小声にする。

「……鵺には、恋しちゃいけないの」

「しないほうが身のためってこと。あなたまで変な人だと思われるわよ」

「いままで誰か、宮様に恋をした人、いるのかな」

「いるとは思えないわね」

和泉は腕を組み、きっぱりと言い切った。……たしかに、これまで暁平に好意的な意見は、誰からも聞いていないが。

「……あんなにきれいなのに」

微笑みはとても美しく、やさしく見えるのに。

「衛門、衛門あのね――」

独り言ちた染子の両肩を摑《つか》んで、和泉が大きく首を横に振《ふ》る。

「恋人は顔じゃないわよ。いえ、顔だって大事よ。むしろものすごく重要よ。でもね、この場合、きれいとかそういう問題じゃないの。わかってちょうだい」

「わかるよ。……けど、それじゃ宮様には、この先もずっと、恋人の一人もできないってことにならない？」

「それは仕方ないことだし、そもそもあなたが、そんな心配をしてあげることもないでしょ。それに、本人が欲しいと言えば、偉《えら》い人たちが適当に北の方を見繕《みつくろ》ってくれるわよ。何て言ったって、親王《しんのう》なんだから」

「……そっか」

「そうそう。だから、あなたがわざわざ恋人になってあげることはないの」

「そこまで思ってなかったよ……」

ただ、鵺の仲間と呼ばれても構わないと。

暁平のいいところも見ているのに、世間と一緒《いっしょ》になって、恐《おそ》れるようなことはしたくないと。

そう、思うだけ。

「……恋とか、そういうことはわからないけど、わたしが宮様をいい方だと思ってるのは、そのままでいいでしょ？」

「それは……まぁ、それくらいは……？」

「わたしが宮様をいい方だと思ってないと、梨壺の猫が入ってきたときに、困るよ？

和泉が返しに行かなきゃいけなくなるかも」

「……わかったわよ、わかったわよ」

それはどうしても嫌《いや》なようだ。和泉は大きく嘆息《たんそく》し、肩を落とす。

「あなたを梨壺《なしつぼ》の当番にしちゃってるのに、こんなこと言うのはたしかに虫のいい話だけど、あの宮様に関わると、いろいろ大変だってことも本当だから。……それだけは、承知しておいて」

「……」

和泉が意地悪でそう言っているのではないことは、ちゃんとわかっている。だから染子は、黙って頷《うなず》いた。

だが。

……恋してるみたいな顔って、どんな顔なのかな……。

染子は自分の局に戻《もど》り、廂の床《ゆか》に映る格子《こうし》の影《かげ》を、見るともなしにぼんやりと眺《なが》めていた。

姉の縫子のもとへ、後に夫となる恋人が通っていたころ。姉は二条の有道邸《てい》で女房《にょうぼう》勤めをしていたので、毎日顔を合わせていたわけではなかったが、ときどき帰ってくると、少し照れくさそうに、しかしとても嬉《うれ》しそうに、恋人の話をしていた。

自分は、あのころの姉のような顔をしていたのだろうか。

日が陰り、格子の影も消える。

染子は局の隅《すみ》に置いた文台《ぶんだい》の下から文箱《ふばこ》を取り出し、蓋《ふた》を開けた。

中に入っているのは文ではなく、扇《おうぎ》だ。豊明節会の日に暁平からもらった、白梅の絵の檜扇《ひおうぎ》。いい香りがするので、他の匂《にお》いと混じってしまうのが嫌で、これだけ箱に収めていた。

そっと開くと、まだ微《かす》かに甘い香りがする。……おそらく『梅花《ばいか》』だ。甘く感じるのは、白檀《びゃくだん》を多めに配合してあるのか、蜜《みつ》の加減か。まるで咲《さ》き初《そ》めの梅の絵から、そのまま香ってくるようだ。

春はまだ遠いのに、ここにだけ、春が来たような。

「……」

梨壺に今日の礼をしに行くと、自ら言ってしまったのに。

いったいどんな顔で、暁平に会えばいいのだろう――

翌朝早く、染子は暁平に会うよりも先に、泣き腫《は》らした目をした兄と対面する破目《はめ》になった。

「染子……。おまえ、弘徽殿《こきでん》の女房に喧嘩《けんか》を吹《ふ》っかけて取っ組み合いをしたうえに、兵部卿宮《ひょうぶきょうのみや》と一緒に泥《どろ》の玉を投げつけたというのは、本当なのか……？」

「……噂《うわさ》って、結構とんでもない広がり方をするのね」

部分部分だけ聞くと、大筋で合っているような錯覚《さっかく》をしそうだが、かなり曲解されている。それも、こちらに不利なように。

「感心している場合か！」

芳実は怒って簀子《すのこ》の床を叩《たた》きながらも、すぐに袖口《そでぐち》で目頭を押さえる。

「まったく、情けない……。私はおまえに、そんなはしたない真似《まね》をさせるために、宮仕えを許したわけではないんだぞ。しかも、あの鵺の宮と一緒になど――」

「……ということは、兄様はその噂を、頭から信じたのね？」

「んっ？」

「わたしが取っ組み合いの喧嘩をして、泥を投げてもおかしくないと」

「……い、いや、それは……違《ちが》うのか？」

急におろおろし始めた芳実に、染子は大袈裟《おおげさ》なほど深く息をついてみせた。

「情けないのはこっちだわ。つまり兄様は、まるっきりわたしを信用してないのね」

昨日無茶な木登りをしたせいか、今日は起きたときから腕が痛い。それでも手本は守れたのだからと、痛みを堪《こら》えているところに、気力を削《そ》ぐ兄の来訪である。

「だ、だから、本当なのかと訊《き》いたんじゃないか！　おまえが、まさかそんなことをするはずはないと……」

「泣いてがっかりするほどには、噂を信じたんでしょ」

「……」

少々暴れたのは事実だが、体当たりと取っ組み合いは違う。たぶん。そして気分的には、できるものなら自分もあの女房に、泥を投げてやりたかったのは本当だが。

染子はもう一度ため息をつき、御簾《みす》越しに兄を睨《にら》む。

「たしかに昨日、弘徽殿《おかみ》の人たちと揉《も》めたわ。でも喧嘩を吹っかけてきたのは向こうからだし、こっちは主上から女御《にょうご》様への贈《おく》り物を守らなきゃいけなかったから、なりふり構ってられなかったの。あと、泥を投げた……っていうか、泥を裳《も》に付けたのは宮様だけ。わたしは宮様に、助けていただいたの」

「助け……あの鵜《う》の宮が？」

思いきり胡乱《うろん》な表情をする芳実に、染子は冷ややかな視線を向けた。

「宮様は、兄様が思ってるような方じゃないわよ。昨日だって宮様が助けてくださらなかったら、女御様にお届けするもの、きっと弘徽殿の人に取られてしまってたわ」

「し、しかし……」

芳実はまだ何か言おうとしていたが、染子は顔を背《そむ》け、腰を上げる。

「話がそれだけなら、わたし、もう戻るわ」

「染子！」

「あとで文使いを寄越《よこ》してね。姉様たちに手紙を書くから」

さすがに御簾《みす》の内には入れない芳実を置いて、染子はさっさと奥へ引っ込んだ。

「何よ、確かめたいなら、泣く前に来ればいいじゃないの……」

「どうしたのよ、機嫌悪いじゃない」

口を尖《とが》らせて戻ってきた染子を、猫たちに鞠《まり》を投げて遊ばせていた和泉が、苦笑《くしよう》で出迎《でむか》える。

「兄が来てたの」

「ああ、あの子供顔で鬚《ひげ》が全然似合ってないお兄様？」

「わたしが弘徽殿の人たちに喧嘩を吹っかけて、取っ組み合いをして、宮様と一緒に泥玉を投げたんじゃないかって、疑ってたのよ」

「何よ、それ。まさか、昨日のことがそんな噂になってるの？　やだ、最悪……」

和泉が大きく息を吐《つ》き、鞠を無造作に放り投げた。猫たちが一斉《いっせい》にそれを追いかけ、紐《ひも》で柱に繋《つな》がれている猫だけが、追いつけずに不平の鳴き声を上げる。

「和泉のことは、噂になってないと思うよ。体当たりしたのも外に出たのも、わたしだもの」

「あなたがあることないこと言われるのだって、あたしは嫌よ。それにその噂、どう聞いても弘徽殿に都合がいいように流れてるじゃない。あなたばっかり悪者にして」

和泉は憤慨《ふんがい》し、今度は手近にあった何らかの書き損じらしき紙を、くしゃくしゃに丸めて、柱めがけて投げつけた。繋がれていた猫が、やっと手の届くところに落ちてきた玩具《おもちゃ》を、嬉々《きき》としてかじり始める。

「噂なんて、そんなものなのかもしれないわね。広まっちゃったら、いちいちそれは嘘《うそ》です、なんて説明してまわれないし」

「だから流した者勝ちなんでしょ。弘徽殿の人たちは、それをよく心得てたってことよ。ずる賢《がしこ》いわ」

「……もっとも、今回のことは、まるっきり嘘っていうわけでもないしね」

和泉のほうが怒ってしまったので、自分は何だか毒気を抜《ぬ》かれて、染子はその場に腰を下ろした。

「どこがよ。話の中身が全然違うじゃない」

「喧嘩しなかったわけじゃないし、取っ組み合いにはならなかったけど、摑みかかったりはしたかなぁ、と思って」

「あっちが先に手を出してきたっていう肝心《かんじん》なことが抜けてるんだから、まるっきり嘘でいいわよ、もう」

ふん、と鼻を鳴らし、和泉は猫たちがじゃれているうちに転がって戻ってきた鞠を取り上げる。

「……噂が流れても、主上には命婦《みょうぶ》さんが話してくださるから大丈夫よね？」

「それは大丈夫だと思うけど……」

和泉はもう一度鞠を放ろうとして、何か思い出したように声を上げた。

「忘れてた。……まだ秋の君に会ったこと、亜相《あしょう》様に御報告してなかったわ」

「あ……」

「衛門、あなた亜相様に……」

「し、してない、報告。わたしも忘れてた……」

昨日大暴れして、すっかり失念していた。更衣《こうい》のことは有道に伝えておいてほしいと、主上に頼まれていたのに。

「いまからでも書く？」

「そうね。思い出したら少しでも早いほうが」

染子と和泉がおろおろと立ち上がりかけたとき、奥から生駒が出てきた。

「ああ、衛門、ここにいたのね。はい、これ梨壺にお持ちして」

「はいっ？」

生駒の腕には、折敷《おしき》に山盛りの――柑子《こうじ》。

「えっと……御礼《おれい》のもの、ですよね？」

「いろいろと考えたけれど、あの宮様に何をお持ちしたらいいのか、わからなくて」

迷った末の木菓子《きがし》、ということらしい。

「あ、じゃあ、わたし梨壺に行ってくるから、和泉……」

「あ……そうね、文はあたしが……」

和泉が一瞬だけ、複雑そうな表情をしたように見えたのは、気のせいだろうか。

生駒から柑子が盛られた折敷を受け取って、染子は部屋を出た。

……昨日の話のせい、かな。

まるで暁平に恋をしているようだと――和泉は、余計なことを言ったと思っているようだが。

……でも、まだわからないし……。

正直、自分でもどう考えればいいのか、途惑《とまど》っていた。恋をしているという状態についても、どのように感じることをいうのか、はっきり理解はできていない。ただ何となく――暁平と会うのがどこか恥《は》ずかしいような、でも楽しみなような、少し気分が浮《う》わついているのは自覚できている。

麗景殿を出て、柑子の山を崩《くず》さないように、ゆっくりとした歩みで渡殿《わたどの》を進んだ。痛めた腕に、山と積まれた柑子は、なかなか重い。ほとんど日の差さない渡殿の内は底冷えがして、吐く息の白さが、自分の周りを薄く煙《けむ》らせる。

梨壺の西側の簀子に出ると、ちょうどそこに白い猫がいた。不機嫌《ふきげん》そうな面構《つらがま》えの白猫は、染子を見上げ、ほんの少しだけ尻尾《しっぽ》の先を揺《ゆ》らす。

「あら、餅麻呂……」

このあいだ名前を付けた猫だ。今日はおとなしく、梨壺の中を散歩しているらしい。

「餅麻呂、宮様はいらっしゃる？」

声をかけてみたが、餅麻呂は後ろ足で耳の後ろを掻《か》き、あくびをすると、その場に丸くなってしまった。別に答えを期待して話しかけたわけではないが、初対面というわけでもないのに、ずいぶんと素っ気ない。

染子はちょっと唇を尖らせ、餅麻呂を踏《ふ》まないよう、慎重《しんちょう》にそこを通り抜けると、そのまま南のほうへと進む。このまえ来たときに閉まっていた妻戸《つまど》は、今日は開いていたが、見える範囲《はんい》に人影《ひとかげ》はない。

「すみません、どなたかいらっしゃいますか。麗景殿《れいけいでん》の衛門です……」

中に向かって呼びかけると、しばらく経《た》ってから、廂《ひさし》の奥の御簾を上げて誰か出てきた。

「……あ」

「あれー、小染の君。どうしたのー？」

女房《にょうぼう》に取り次いでもらうつもりでいたら、いきなり本人が現れてしまった。暁平の姿を目にした瞬間、自分がまだ何の心構えもできていなかったことに気づき、染子は思わず、口籠《くちご》る。

「あっ……の、あ……」

「え？　何？」

暁平は首を傾《かし》げながら、こちらに近づいてきた。相変わらず髪を下ろし、着崩《きくず》した白い直衣《のうし》の襟元《えりもと》や裾《すそ》からは、下に重ねて着ている袿《うちぎ》の蘇芳《すおう》や二藍《ふたあい》の色が、大きく覗《のぞ》いている。

「あのっ、これ……」

「あ、柑子だ。美味しそうだねぇ」

言うが早いか、染子が何も説明しないうちに、暁平は柑子をひとつ取り上げると、皮を剝《む》いて立ったまま食べ始めてしまう。

「……」

「う、酸《す》っぱい。でもいい香りだなー。……あれ？　もしかして、これ食べちゃいけなかった？」

「い、いえ！　いいんです。宮様にですからっ」

染子は慌《あわ》てて首を横に振《ふ》り、折敷を暁平のほうに差し出す。

「あの、昨日はありがとうございました。宮様が助けてくださったおかげで、主上《おかみ》にいただいた葦手《あしで》のお手本、無事に女御様にお届けできました！　これは麗景殿から、その御礼ですっ」

やっと言うべきことを言えた。だが暁平は、口いっぱいに頰張《ほおば》った柑子を、時間をかけて飲み込んだ後、また首を傾げる。

「……昨日、私、何かしたっけ？」

「え？」

「昨日……ああ、昨日は、木登りと泥遊びをしたねぇ」

「……」

こちらを助けたというつもりはない、ように、見えるが。

「これ、もっと食べていい？」

「……もちろん、どうぞ」

「小染の君も一緒《いっしょ》に食べようよー。ここは寒いから、あっちでさ」

そう言って、暁平は染子から折敷を受け取ると、にこにこと笑いながら、奥に来るように促《うなが》してくる。帰るとも言えずに、染子はこっそり腕をさすりつつ、暁平の後についていて御簾をくぐり、部屋に入った。廂の格子《こうし》は上半分が開いていたが、御簾の内は火桶《ひおけ》もあって暖かく、染子はほっと息をつく。

だが、部屋の中に目を転じ、驚《おどろ》いて足を止めてしまった。女房しかいないと思っていたそこに、深緑の袍《ほう》の、大柄《おおがら》な若い男がいたのだ。

「景之、麗景殿から柑子もらったよー」

暁平が名を呼んだということは、親しい知り合いか。染子は自分がまだ顔を隠《かく》していないことに気づき、急いで懐《ふところ》に差していた檜扇《ひおうぎ》を広げる。

「宮様、そちらの女人は……」

「小染の君だよー。五節《ごせち》の舞姫《まいひめ》だったんだよ」

「五節……ああ、今年の」

兄と同じ色の闕腋《けってき》の袍を着ているということは、このいかにも腕っぷしの強そうな若い男は、六位か七位の武官だ。

若い武官は床《ゆか》に手をつくと、染子に頭を下げる。

「私は兵部卿宮《ひょうぶきょうのみや》の乳兄弟《ちきょうだい》で、左兵衛少尉《さひょうえのしょうじょう》、紀《きの》景之と申します」

「あ……ど、どうも……」

染子も扇《おうぎ》で顔を隠しつつ、その場に膝《ひざ》をついた。

「初めまして。左衛門大尉《さえもんのだいじょう》坂上芳実の妹で、麗景殿の女御《にょうご》様にお仕《つか》えしております、衛門です。本日は宮様にお届け物があって、お邪魔《じゃま》いたしました」

「そうでしたか。それは御丁寧《ごていねい》に」

「……ねー、小染の君。何で顔隠してるの」

暁平が何故《なぜ》か不満そうに、染子を横目で見ながら折敷を床に置く。

「女人は普通、顔を隠すものですよ」

染子が返事をする前に、景之が答えた。

「でも、私の前では隠してないのに」

「それは宮様に合わせてくださっているのでしょう。宮様も、ほとんど扇をお使いにならないわけですから」

本当のところは、暁平にはもうとっくに顔を見られているので、隠すのもいまさらかと思っていただけなのだが、この暁平の乳兄弟は、良いように解釈《かいしゃく》してくれているようだ。

「ふーん……。そうなんだ」

暁平が折敷の前に腰を下ろすと、代わりに景之が立ち上がろうとする。

「あれ、もう行くの？」

「そろそろ陣《じん》に戻《もど》りませんと」

「柑子持ってく？」

「ひとつだけいただきます」

「甘いやつ持ってっていいよー」

「見ただけではわかりません」

そう言いつつ、景之は暁平の言葉とは逆に、青く酸っぱそうな柑子を選び取って、懐に入れた。いかにも生真面目《きまじめ》で、慎《つつし》み深そうな人物である。

「では、失礼いたします」

景之は染子にも一礼し、窮屈《きゅうくつ》そうに御簾《みす》をくぐって退出した。

「……いい人そうですね」

「うん。景之はいいやつだよー」

暁平はまた柑子の山からひとつ取り、皮を剝きながら染子のほうを見る。

「それ、私があげた扇じゃないねぇ」

「え？　……あ」

いま持っている扇は、母と姉が用意してくれた、椿《つばき》の花が描《えが》かれたものだ。

「あの扇は、梅ですから……使うには、少し早いと思って……」

「まだ咲《さ》かないねぇ」

「……それに、ちょっと……もったいない、です」

暁平が剝きかけの柑子を持ったまま、不思議そうな顔をする。染子は小さく笑って、椿の扇をたたんだ。

「とってもいい香りがしますから。使うと、わたしの香《こう》と混じってしまいそうで」

「ここに持ってきてくれれば、いつでも薫《た》いてあげるよー？」

暁平は柑子を置き、四《よ》つん這《ば》いで染子の側に近づいてくると、表着《うわぎ》の袖《そで》のあたりを犬のように嗅《か》ぎ始める。さすがにびっくりして、染子は思わずのけ反《ぞ》った。

「み、宮様？」

「……んー。何だろう。わりと甘いような気がする」

何の香を使っているのか、嗅いで確かめようとしたのだろうか。

「あ、これは……『黒方《くろぼう》』です」

「へぇ、そうなんだ。自分で作るのー？」

「は……はい、材料が揃《そろ》えば……」

暁平はやっと身を引き、染子は安堵《あんど》の息を押し殺す。……すごく鼓動《こどう》が速い。顔が赤くなってはいないだろうか。動揺《どうよう》を誤魔化《ごまか》そうとして、染子は意味もなく、檜扇を開いたり閉じたりしていた。

「あ、宮様の……は、『梅花』ですよ、ね？」

「あれ、よくわかったね。めちゃくちゃに作ったのに」

「……宮様が作られたんですか？」

「うん。景之が材料だけ持ってきて、これで『梅花』が作れるはずですよーって言うから、何か、こう、いろいろ入れてみて」

「……」

暁平は身振《みぶ》りで、香の調合を表している。……めちゃくちゃに合わせて、この深い香りが出せるものなのだろうか。それとも、偶然《ぐうぜん》できてしまったのか。

いや——そもそも、世間で言われているような尋常《じんじょう》でない人物が、自ら香を合わせたりするだろうか。

「……宮様」

少し緊張《きんちょう》した面持《おもも》ちで、染子は暁平に話しかける。暁平は皮を剝いた柑子《こうじ》のひと房《ふさ》を口に咥《くわ》えて、振り返った。

「何？」

「昨日のことですけど。……わたしが弘徽殿《こきでん》の前で、木に登っていたときに、宮様、何か仰《おっしゃ》いましたよね？」

「んー？」

「十数えて……って」

暁平は柑子を口に押し込むと、天井《てんじょう》を見るように首をひねる。

「……数えるって、何か数えてたの？」

「憶《おぼ》えてない……です？」

「わからないなぁ。何か言ったっけ」

「……いえ、憶えていらっしゃらなければ、それで……」

ふいに、寂《さび》しさが胸を覆《おお》った。そして、自分が何かを期待していたことに気づく。

あのとき、暁平が本当に、必ず受け止めると言ってくれていたなら。暁平の意思でそう言ってくれていたのなら——それは暁平が間違《まちが》いなく、自分を助けるつもりで、あの場に出てきてくれたのだと。

そう、確信することができたのに。

暁平のいつものふるまいの結果、たまたま自分が助けられたのでなく、暁平が自分を助けようと思って助けてくれたのだと、心のどこかで望んでいた。

……違ったんだわ。

暁平が自分に対して、好意的でないというわけではないだろう。会えばこうして、笑顔で話してくれる。それなのに、暁平に自分を助けたつもりなどなかったことが、何故かとても寂しく思えた。

「……小染の君？　どうしたの？」

暁平が上体を屈《かが》めるようにして、顔を覗《のぞ》き込んでくる。染子は口の端《はし》を上げ、どうにか笑みを作ってみせた。

「いえ、どうもしません」

「そう？　あ、これは甘いよ。きみも食べなよ」

そう言って暁平が、剝《む》いた柑子の半分を染子に差し出す。

「甘いですか？」

「うん。さっきのよりずっと甘い」

「……いただきます」

染子は柑子を受け取り、ひと房、口に入れた。

「どう？　甘いでしょ？」

「……はい。甘いです」

「だよね。もっと食べよう」

暁平は嬉《うれ》しそうに笑い、次の柑子を剝き始める。

嚙《か》みしめた柑子は――本当は、とても酸っぱかった。


和泉が送った登花殿《とうかでん》の更衣《こうい》についての報告に、有道は日を跨《また》いでから返事を書いてきた。帝《みかど》はどうやら更衣への執心《しゅうしん》を、母親である弘徽殿の大后《おおきさき》に厳しく非難されているようで、有道が和泉の報告をもとに更衣の様子を伝えると、その体調を心配しながらも、半ば諦《あきら》めているような素振《そぶ》りでもあったという。

「……結局、縁《えん》がなかったってことなのかしらね」

有道からの文を染子に見せながら、和泉がため息混じりにつぶやいた。

「これでわたしたちも、もう秋の君に会うこと、ない……のかな」

「……まぁ、またあんな苦労して登花殿まで行くのも、ちょっとねぇ……」

それに、と言って、和泉は文をたたむ。

「やっぱりあのときの秋の君、何だか変だったわ。少なくとも、節会《せちえ》のときの秋の君とは別人みたいだったじゃない。そんな秋の君じゃ、あまり会いたいとも思えないし」

「……うん……」

どうやら帝だけでなく自分たちも、登花殿の更衣とは縁がなかったようだ。節会の日に会った秋の舞姫には親しみを感じていただけに、やはり残念である。

「さて、と——玉君《ぎょくくん》に人形の衣装を作ってあげる約束してたんだったわ」

和泉が手を叩《たた》いて、立ち上がった。

「あ、八条《はちじょう》さんの娘の？」

「そうそう。そのうち作ってあげるって安請《やすう》け合いしちゃったら、いつなのいつなのって、もう今朝から催促《さいそく》」

「あはは……。手伝おうか？」

「そうしてほしいけど、あなたにはたぶん、別の用事があるわよ。さっき信濃さんと修理《しゅり》さんが、手持ちの香木《こうぼく》であなたに薫物《たきもの》を作ってほしいって言ってたから」

「え、そうなの？　……何を作ればいいのかな」

それなら信濃と修理を捜しにいこうかと、染子も腰を上げる。

「何か、沈香《じんこう》は少ないみたい。でも丁子《ちょうじ》と薫陸《くんろく》と白檀《びゃくだん》は余分にあるって」

「ああ……それなら、『梅花』と『荷葉《かよう》』以外だったら——」

ふと、染子は顔を上げた。

……香り。

「衛門？　どうかした？」

「……ねぇ、和泉。和泉は、一年のうちで、幾《いく》つくらい香を使ってる？」

「種類のこと？　そうねぇ、本当は季節ごとに変えたいけど、やっぱり好みがあるし、そんなにたくさん持ってるわけじゃないから、二つか三つね。特別な日に薫くものを入れたら、もう少しあるけど……」

和泉は指を折り、あれとこれとと数える。染子は片頰《かたほお》に手を当て、少し考え込んだ。

「衛門、何なのよ？」

「使う香りで気分が違う……ってこと、あるかしら」

「それはあると思うけど」

「秋の君、節会の日とこのあいだと、香りが違ったの」

「……は？」

目を瞬《まばた》かせながら、和泉は腕を組む。

「和泉は、気づかなかった？」

「気づかない……っていうより、憶えてないわよ。そもそも秋の君が何の香を使ってたかなんて、気にしてなかったし」

「節会の日は『菊花《きっか》』、このあいだは、たぶん『落葉《おちば》』だったと思う」

「……あなた、鼻がいいのね……」

そもそも何か匂《にお》っていたかと、和泉は首を傾《かし》げていたが、染子には確証があった。

節会の日の秋の舞姫《まいひめ》の印象と、そのとき匂った香が、とてもよく合っていたのだ。

そして、このあいだの更衣は、節会の日とはまったく異なる香りをまとっていた。

「材料を合わせた加減だと思うけど、ずいぶん重くて苦みの強い『落葉』だったわ」

「まさか、香を変えたら別人みたいになってしまったってこと？」

「……とは言い切れないけど……」

自分でも、何が引っかかっているのか、よくわかっていなかった。しかし、更衣が違う香を使っていたことが、何故《なぜ》か妙《みょう》に気になるのだ。

「でも、たしか『菊花』と『落葉』って、材料も合わせ方も、ほとんど同じじゃなかった？　信じないわけじゃないけど、あなたの気のせいってことは……」

「たしかにほとんど同じだけど、調整の具合で香りは全然違ってくるし、間違いなく別の香だったの、あれは」

「……まぁ、どっちもいまの時季に使って、おかしくないものだけど――」

首を傾《かたむ》けていた和泉が、ぱっと頭を起こす。

「さして日が経《た》ってないのに、香を変えるほうが、かえっておかしいってこと？」

「節会の日だけ、特別に『菊花』を使っていたなら、別だけど……」

「でも、ああいうときに普段と違う香りにすると、かえって緊張しない？　あたしも最初、とっておきの香を使おうとしたんだけど、かえって落ち着かなくなっちゃったから、普段使いのに戻《もど》したわよ」

「わたしも、特に変えなかったわ。そう、たしかに落ち着くし……」

染子と和泉は、しばらく無言で顔を見合わせた。

「……まさか、本当に別人……？」

「秋の君じゃなかったの……？」

互《たが》いに問いかけるが、もちろん互いに、答えは持っていない。

和泉は額を押さえ、息をつく。

「……縫《ぬ》い物をする前に、亜相《あしょう》様に文を出すわ」

「もしかしたらの話だって、ちゃんと書いてね？」

「あたりまえよ。……ついでに、主上《おかみ》には内緒《ないしょ》にしてくださいって書いておくわ」

たしかに、会った様子を伝えることはできても、別人かもしれないとまでは、さすがに帝には言えない。

和泉が自分の局《つぼね》に戻り、染子も信濃と修理を捜しにいくか、それとも一度局に戻るかと迷っていると、初瀬が慌《あわただ》しく御簾《みす》をくぐって部屋に入ってきた。

「ああ、衛門、ちょうどよかった」

「初瀬さん？」

「また猫がいるのよ。梨壺《なしつぼ》の白い猫……」

「え？」

初瀬に袖《そで》を引かれて北側の廂《ひさし》に出ると、隅《すみ》のほうに、丸々とした白い塊《かたまり》があるのが見える。……あの大きさは、間違いない。

「やっぱり餅麻呂……。また入ってきちゃったの」

「このあいだの猫？」

「そうです。……あっ」

餅麻呂は染子の声が聞こえたのか、ちらりと振《ふ》り向いたが、そのまま黙って簀子《すのこ》に下りてしまう。

「あ——駄目《だめ》よ、そっちは」

「えっ？」

初瀬が染子と餅麻呂をかわるがわる見て、あたふたと指さした。

「あっち、宣耀殿《せんようでん》なの。いまは使われていないけど、渡殿《わたどの》で常寧殿《じようねいでん》と貞観殿《じようがんでん》に繫《つな》がっているから、もしそっちに行ってしまったら……」

「あ。……餅麻呂、餅麻呂！」

染子も慌《あわ》てて呼びかけると、餅麻呂は宣耀殿と接する簀子の手前で歩みを止めて、そこで自分の足を舐《な》め始める。

「……大丈夫みたいです」

「よかったわ。じゃあ、任せていいかしら」

「あ、はい」

お願いねと言って、初瀬は奥へ戻っていく。……任せられたということは、やはり今日も、餅麻呂を梨壺へ返しにいかなくてはならないということだ。だが、餅麻呂は重い。とても自分一人で抱《かか》えて運ぶことなどできない。

「えーと……餅麻呂？　おとなしく帰れる？」

餅麻呂は我関《われかん》せずと、前足を舐めている。どうやら今度も、紐《ひも》を付けて連れて行くしかなさそうだ。

と――餅麻呂がのっそりと体を起こし、また宣耀殿のほうへと歩き出してしまう。

「あ、ちょっと……」

急いで追いかけたが、こんなときに限って、餅麻呂は機敏《きびん》に動いている。

宣耀殿の南の簀子に上がった餅麻呂が、西のほうへ向かうように見えたところで、染子はようやく追いつき、行く手を塞《ふさ》ぐように前方にまわり込んだ。

「駄目よ。戻って」

進路を阻《はば》まれた餅麻呂は、しかし、麗景殿のほうへは戻らず、今度は完全に反対を向くと、簀子を東へと歩いていってしまう。

「違うってば。そっちじゃなくて……」

これでは、まるで追いかけっこだ。染子は何とかして餅麻呂を捕《つか》まえようと、身構える。

そのとき、どこからか人の声が聞こえてきた。

「――これ以上は無理ですよ！」

染子も餅麻呂も、思わず足が止まる。少年と思《おぼ》しき声がしたのは、ちょうど簀子の角を曲がった先――宣耀殿の東側だ。

「頼む、いましばらく堪《こら》えてくれ。あやつは必ず捜《さが》し出してみせるから」

「聞き飽《あ》きましたよ。父上、姉上のことは、もう諦めて――」

「馬鹿《ばか》を言うな！」

少年と言い争っているのは、声からして年配の男で、話の内容から察するに、少年の父親らしい。

「このような好機はもう二度とないぞ。それはおまえもわかっておろうが」

「わかりますが……」

「とにかく、あと少し待ってくれ」

いま宣耀殿は使われていないと、初瀬は言っていた。たしかに、格子《こうし》の内には人の気配はない。姿は見えないが、この親子は何故、こんなところで口論をしているのだろう。気にはなったが、こちらの姿を見られないうちに退散したほうがいいのは確かだ。だが、餅麻呂はどうするか。

迷っているうちに、餅麻呂がまた歩き始めてしまう。止める間もなく、簀子の角を曲がり、染子の視界から消えてしまった。

……どうしよう……。

「待てるものなら待ちますよ。しかし——ああ、何だ、猫か」

「ね、猫だと!? 何でこんなところにいるんだ。しっ、しっ、あっちへ行け! 寄るな、寄るんじゃない!」

どうやら父親のほうは猫嫌いのようだ。あまりの剣幕《けんまく》に、染子がそっと角から覗《のぞ》くと、なんと黒色の袍《ほう》を着た公卿《くぎょう》らしき男が、笏《しゃく》を振り上げ餅麻呂を打ち据《す》えようとしていた。

「やめて!」

とっさに叫《さけ》んで飛び出し——染子は、呆然《ぼうぜん》と立ちつくす。

いま聞いた声のとおりなら、そこにいるのは、公卿とその息子であるはずだった。

だが目の前にいるのは、階《きざはし》の中ほどに立つ公卿と、簀子に座った若い女房《にょうぼう》だけ。

「だ……誰だ!」

公卿が数歩、後ずさる。そして、そこにいた女房は——

「……」

染子は自分の顔を隠《かく》すのも忘れて、その女房の険しい表情を見つめていた。

「秋の……君……？」

そう。……秋の舞姫。登花殿《とうかでん》の更衣《こうい》。

「何だ、おまえは。どこの女房だ！」

公卿がわめき、顔だけは更衣にしか見えない女房が、こちらを睨《にら》みながら、すごい速さでこちらに近づいてくる。

「このあいだの、麗景殿《れいけいでん》の女房だな」

「……」

少年の声。

何故、と思う前に、別人という言葉が頭に浮《う》かんだ。顔かたちは更衣にそっくりだが、声や表情は、まるで別人のものだった。

「何で……秋の君は……」

ならば、あのときの秋の舞姫はどこへいってしまったのか。やさしげで控《ひか》えめな、菊の香りがする人は。

「父上、この女房は五節《ごせち》の舞姫です」

「何!?」

「このあいだ登花殿に来ました。――知っているんですよ、『秋の舞姫』を」

「……」

更衣、いや、顔がそっくりの別人が、冷ややかに公卿に告げる。

「どうしますか、父上」

「……女房の一人ぐらい、どうにでもなる。いや、どうにかする!」

それはいったいどういう意味かと、考えてしまったのがいけなかった。更衣によく似た少年――おそらく女房姿をした少年なのだろう、一瞬ひるんだ染子の腕を、摑《つか》んでくる。

「放して!」

女の力ではない。背丈《せたけ》は自分とそれほど変わらないが、やはり男だ。染子が必死に振り解《ほど》こうとする間に、公卿が階を駆《か》け上がってくる。目の隅に、簀子の端にじっとうずくまっている餅麻呂が見えた。

「放してってば。誰か! 誰か来てっ……」

胸の下あたりに鈍《にぶ》い痛みを感じ、目の前が暗くなる。

気を失う最後の瞬間に鼻をかすめたのは、苦い香りだった。

＊＊　　　＊＊　　　＊＊

薄い縹色《はなだいろ》の紙屋紙《かんやがみ》に、水が流れるように線を引く。描《えが》いた水辺の風景に、岩や水鳥、草花に見立てた和歌の文字を、散らすように書き加え、暁平は筆を置いた。

いつのまにか、辺りが薄暗くなっている。そろそろ女官が灯《とも》りを点《とも》しに来るころだろう。女官どもには、おとなしく書き物をしているところなど、見られてはいけない。自分は常に、奇人《きじん》でなければいけないのだから。

「葦手《あしで》でございますか」

女房の倉橋が、床《ゆか》に無造作に放ってあった紙の一枚を拾い上げ、目を細めた。

「一昨日、亡き中務卿宮《なかつかさきょうのみや》の葦手を目にする機会があってね。久しぶりに、私も書いてみようかと思ったんだが……」

「主上《おかみ》が麗景殿の女御《にょうご》様にお譲《ゆず》りになられたという、葦手のお手本でございますね」

「……本当におまえは、何でも耳に入れているな」

　暁平は苦笑《くしょう》して、硯箱《すずりばこ》の蓋《ふた》を閉める。倉橋が散らばっている紙をすべて拾い集め、丁寧《ていねい》に揃《そろ》えて暁平に手渡《てわた》した。

「捨てていいんだがな」

「よく書けておいでてございますよ」

「そうは言っても、とっておいて何になる。普段の私を見て、誰もまともに葦手など書けるとは思うまい。誰かの目に触《ふ》れたら、かえって面倒だぞ」

「誰にも宮様がお書きになったと思われないのでしたら、残しても差《さ》し支《つか》えございませんでしょうに。もったいない」

「それならおまえにやるから、裏を試し書きにでも使え。ただし外には持ち出すなよ」

「心得ております」

　倉橋は一礼し、二つに折った紙束を懐《ふところ》に差し入れる。

「そろそろ夕飯か？」

「そうでございますね。先ほど、申《さる》の刻の鐘《かね》が鳴りましたので——」

　倉橋が、ふと腰を伸ばして周囲を見まわした。

「どうした？」

「……こちらにも、餅麻呂がおりませんね」

「また外をうろついているんだろう」

「あの子は、いつも飯時《めしどき》には必ず戻《もど》ってまいりますよ」

倉橋は腰を曲げて御簾《みす》をくぐると、廂《ひさし》に出て、餅麻呂、餅麻呂と呼びかける。

「餅……おや、どちら様でございましょう。ああ、麗景殿の……」

聞こえた言葉に、暁平は御簾のほうを振《ふ》り返《かえ》った。

「え？　いえ、今日はお見えになっておりませんが……。白い猫ですか。それが昼間から見当たりませんで、こちらでも捜しておりました。……え？」

倉橋の声が、わずかに張りつめる。染子が来たのではないのだろうか。

暁平は静かに息を吸い込み、そして勢いよく御簾を跳《は》ね上げ、廂に出た。

「倉橋ー。……あれ？　誰？」

声を作り、いま初めて来訪者に気づいたようなふりをする。

開いた妻戸《つまど》のすぐ外にいたのは、染子ではない女房だった。……見たことがある。

一昨日、弘徽殿《こきでん》前での騒動《そうどう》のときに、染子と一緒《いっしょ》にいた女房だ。

「あっ……えーと、どうも、あの、麗景殿の和泉と申します」

挨拶《あいさつ》してきた和泉という女房は、ひどくうろたえているように見えた。

「最近、麗景殿の人がよく来るねぇ。どうしたの？」

「衛門……衛門は、こちらにお邪魔《じゃま》してませんか」

「今日は来てないよー？」

「……本当、ですか？」

何故《なぜ》か、疑いの目を向けられているような。

「本当だよー。何なら、入って見ていく？」

「い、いえ、そこまでは……。でも、あの、他に心当たりもなくて……」

「……あの子がどうかしたの？」

思わず地声が出そうになって、暁平は無理やり喉《のど》を引きつらせた。

「あの、いないんです。昼間、こちらの白い猫が麗景殿に入ってきて、それを追いかけていったきり、戻ってなくて……」

「……うちの餅麻呂？」

全身が白い猫は、梨壺には餅麻呂しかいない。

「てっきり、こちらに猫を返しにいって、長居してるものだとばかり……」

日が落ちるころになっても帰ってこないので、心配して迎《むか》えに来たということか。

だが、今日は本当に、染子には会っていない。

「衛門さんはこちらの猫を、どのあたりまで追っていかれたのでしょう」

倉橋が落ち着いた口調で尋《たず》ねると、和泉はどこかを指さした。

「あの、向こう、宣耀殿《せんようでん》のほうに行きかけてたって……」

「それでは、宣耀殿においでなのでは」

「そう思って皆で行ってみたんですけど、誰もいなくて……」

現在の宣耀殿は無人で、格子も戸も、普段から閉まっているはずだ。猫も中までは入れないだろうし、せいぜい簀子《すのこ》をまわるか庭に下りるかの、どちらかしかないだろう。簀子までならともかく、庭に出られてしまったら、さすがに染子も追うのをやめて、こちらに知らせてくるのではなかろうか。そもそも、あの重い餅麻呂を捕《つか》まえても、染子には抱《かか》えて運んでくることはできない。

「……どこへ行っちゃったんだろうねぇ？」

頭では起こり得ることを考えつつも、口調と素振《そぶ》りだけは、いかにものん気そうにしてみせる。こんなときでも自分を偽《いつわ》らなくてはならないのは、何の因果か。

「あ……じゃあ、あの、もし見かけたら、麗景殿《れいけいでん》に知らせてください」

「うん。わかったー」

お願いしますと言って、和泉という女房が戻ろうとするところを、暁平はふと思い立って、呼び止める。

「源大納言《げんのだいなごん》に頼んでみたら？　源大納言なら、人をいっぱい動かせるから、捜《さが》してくれるかもよー？」

「……た、頼んでみます！」

はっとしたように目を見開き、頷《うなず》いて、女房《にょうぼう》は小走りに去っていった。

「宮様――」

「こちらからも、念のために源大納言に使いを出せ。それから、景之も呼んでくれ。おそらく何かあったんだろう」

「かしこまりました。すぐに」

倉橋は見た目からは考えられないほど足早に、奥へ戻っていく。

と、間なしに倉橋の叫《さけ》ぶ声がした。

「宮様、宮様、餅麻呂が戻っております」

「……何？」

戻ったのは猫だけなのか。急いで倉橋の声がしたほうへ行くと、白い大きな猫が、東の廂を歩いているのが見えた。

「倉橋、その辺りを見てきてくれ。――餅麻呂！」

駆け寄って捕まえると、餅麻呂は不機嫌《ふきげん》そうに、手足をばたつかせる。その瞬間、微《かす》かに何かが香《かお》った。

「……」

餅麻呂を抱《だ》き上げる。その体に、やわらかで落ち着いた、どこか懐《なつ》かしさを覚えるような甘《あま》みの——移《うつ》り香《が》。

染子の香りだ。

「宮様。このあたりには、誰もおりません。いま景之どのをお呼びいたしますので」

倉橋が戻ってきて、すぐに他の女房らに声をかけにいく。

胸騒《むなさわ》ぎがした。そして、大概《たいがい》こういう悪い予感は当たるものだ。

暁平は餅麻呂を抱えたまま、南の庭に面した簀子に下りる。もはや目を凝《こ》らさなくては景色が見えないほど、暗くなっていた。

「——松丸《まつまる》！」

鋭く声を発すると、闇《やみ》の中からゆっくりとした足音を響《ひび》かせ、黒い老犬が現れる。

暁平が手招きすると、ひと声吠《ほ》えて、階《きざはし》を上ってきた。

暁平は老犬の前に屈《かが》むと、その鼻先に餅麻呂を近づける。

「まだ、鼻は衰《おとろ》えていないだろう。……人捜しだ、松丸」

＊＊　　＊＊　　＊＊

麗景殿の女房たちが、染子を捜していたそのころ——当の染子は、息苦しさで目を覚ましていた。

体が痛い。頰《ほお》が冷たい。……背中が重い。

「……」

小さくうめき、染子はどうにか呼吸をしようと身じろいだ。途端《とたん》に背中から何かがすべり落ち、傍《かたわ》らで鈍《にぶ》い音がする。それでようやく、楽に息ができるようになったのだが。

……何、これ。

意識がはっきりしてくるにつれ、自分がどこかにうつ伏《ぶ》せに倒れているのだということは、理解できてくる。外ではなく、たぶん建物の中だ。だが辺りは暗く、ここがどこなのかは、まったくわからない。

体を動かすと、鳩尾《みぞおち》が痛んだ。……思い出した。見知らぬ公卿《くぎょう》と、顔だけ秋の舞《まい》姫《ひめ》そっくりの少年に捕まり、殴《なぐ》られたのだ。それで、気を失ったのだろう。

痛みを堪《こら》えて起き上がろうとして、後ろ手に縛《しば》られていることに気づく。だが縛られているのは手首だけのようで、足などは動かすことができた。

「っ……」

もがくようにして、どうにか上体だけ起こすと、何かあたたかいものが足元にまとわりついてくる。驚《おどろ》いて振り向《む》くと、真っ白い塊《かたまり》が、ぼんやりと暗がりにうずくまっていた。……餅麻呂だ。さっき背中がやけに重かったのは、もしかして餅麻呂が乗っていたのだろうか。

「……逃げなかったの……」

自分があの公卿たちによって、どこかはわからないが、この建物に閉じ込められたのだということは、もう察しがついていた。餅麻呂だけでも、逃げてくれればよかったものを。

染子はあらためて、周囲を見まわした。巻き上げられた御簾。閉じた格子《こうし》。調度《ちょうど》も何もない部屋。……明らかに無人だとわかる、冷え切った空気。

「誰か……誰かいませんか……」

半ば無駄《むだ》だとわかっていたが、出せる限りの声で人を呼ぶ。しかし何度呼びかけてみても、やはり自分の声が、虚《むな》しくこだまするだけだった。

頭が冴《さ》えてくるとともに、気を失う前のことを思い出す。

黒色の袍《ほう》の公卿と、その子供と思われる、女房姿の少年。二人は口論をしていた。公卿のほうは、必ず捜し出すから堪えてくれとか、もう少し待てとか。そして少年は、無理だとか、諦《あきら》めてとか。

姉上のことは、もう諦めて――と、言っていなかったか。あの少年の姉ということは、あの公卿の娘だろう。二人は、その娘のことで言い争っていたのか。

「……」

暗闇《くらやみ》の中、染子は顔を上げる。

気を失う寸前、香りがしたはずだ。あれは、登花殿の更衣《こうい》の『落葉』。……ならば、あの女房姿の少年こそが、数日前に自分と和泉が会った、やけに素っ気なかった更衣だということになる。

やはり、別人だったのだ。節会の日に言葉を交《か》わした秋の舞姫の声は、間違《まちが》いなく女人のものだった。さっきの女房姿の少年の声とは、似ても似つかない。

だが、顔は瓜二《うりふた》つ。……つまり。

「……姉弟《きょうだい》……？」

つぶやいた声が、冷えた空気に溶《と》ける。

姉と弟なら、顔が似ていても不思議はない。そして、もし秋の舞姫と少年が姉弟ならば、あの公卿は、秋の舞姫の父親ということになる。

……藤宰相《とうのさいしょう》様？

あれは、参議《さんぎ》の藤原宗宣だったのか。四位の参議ならば、たしかに袍の色は黒色だ。公卿の正体に思い当たったと同時に、さっき聞いた言葉が耳に蘇《よみがえ》ってくる。女房の一人ぐらい、どうにでもなる。どうにかする。……あの公卿は、そう言っていた。

「……」

どう解釈《かいしゃく》しても、いい意味には取れない言葉だ。あの親子は口論していて、自分はそれを聞いてしまった。子供のほうは姉の代わりに――そうだ、姉の代わりだったのだ。捜し出すと言うからには、もしかすると秋の舞姫は新嘗祭《にいなめさい》の後、何らかの事情で行方《ゆくえ》知れずになっているのではないだろうか。

だが、秋の舞姫は新嘗祭のとき、すでに帝《みかど》に見初《みそ》められ、更衣となることが決まっていた。せっかくの帝のお召《め》しである。断ることなどできないだろうし、もちろん、宗宣も断りたくなかっただろう。

だから、よく似た弟を送り込んだ。姉を捜し出すまでの、たぶん、時間稼《かせ》ぎとして。

……どうりで、あんなに様子が違ったはずだわ。

左右大臣方の女御《にょうご》たちにはばかって、帝が更衣と会うことすらままならなかったのは、宗宣にとって、むしろ都合がよかったのかもしれない。物《もの》の怪《け》のせいにして会うことは先延《さきの》ばしにし、帝の関心は繋《つな》ぎとめたまま、娘を見つけるつもりでいたに違いない。

だが、舞姫仲間が現れた。本物の更衣の、顔と声を知っている二人。一度は誤魔化《ごまか》したが、よりによってそのうち一人に、聞かれてはいけない話を聞かれてしまった。さっきの言い争いを偶然《ぐうぜん》耳にしてしまったことで、自分は宗宣親子にとって目障《めざわ》りな存在になったのだ。

……逃げなきゃ。

宗宣が自分をどうするつもりなのかはわからない。だがこのままおとなしくここに倒れていても、何もいいことはない。それだけはよくわかっていた。

「餅麻呂、ちょっとそこを退いて。お願い」

足まで縛られなかったのは幸いだったが、裳《も》や長袴《ながばかま》が絡《から》まって、うまく起き上がることができない。立って歩くのが難しいのなら、転がってでも逃げようと、染子は格子があると思われるほうへ、這《は》いずるようにして動く。埃《ほこり》っぽいし、体のあちこちが痛むが、そんなことに構ってもいられない。

誰かが見ていたら、おそらくとても滑稽《こっけい》に思われるであろう姿で、染子はどうにか格子に辿《たど》り着き、耳をすました。……何も聞こえない。外に誰もいないのか。

そう思ったとき、どこかで鐘《かね》の鳴る音がした。あれは、陰陽寮《おんみょうりょう》が時を告げる鐘だ。麗景殿で聞くのと、それほど音の大きさは変わらない。ならば、内裏《だいり》からそう遠くに連れてこられたわけではないはずである。

染子は動ける方向に、再び這い始めた。格子に沿って進めば、いずれ戸がある場所に当たる。まずは外に出て、宗宣たちに見つからないように、ここから遠ざからなくては。

「……」

逃げようと言う一心で進むうち、染子は何故《なぜ》か唐突《とうとつ》に、暁平の言葉を思い出していた。十数えたら手を離せ。私が必ず受け止める――

いや、あれが暁平の言葉だったのかどうか、いまではもう、わからない。もしかしたら、無意識に助けを求めていた自分の、聞き間違いだったのかもしれない。

ここでそんなことを思い出しても、誰かが助けに来てくれる望みは薄い。あのとき暁平が来てくれたのは、偶然だったのだ。二度目の偶然は期待できない。自分の力でどうにかするしかない。

ふと気づくと、餅麻呂が先導するように前を歩いていた。たどたどしく這って進む染子を時折振り返り、じっと見据《みす》えては、また少し先まで歩いていく。

……ここから出て、宮様に、ちゃんと餅麻呂をお返ししないと……。

こんな状況で、不思議とそれほど心細くないのは、餅麻呂がいるからかもしれない。鳴きもしなければ懐《なつ》く気配もない猫だが、温かな生き物が側にいるだけで、ずいぶん気持ちが落ち着くものだ。

奥歯を噛《か》みしめ、染子は餅麻呂の後を追う。

どれくらい進んだか――前方の餅麻呂が足を止め、何かを窺《うかが》うように首を伸ばした。そのとき何か物音がして、正面から突然強い風が吹き込む。頭を上げると、視界に赤い炎が見えた。

妻戸《つまど》が開けられ、そこに脂燭《しそく》を手にした女房が立っている。一瞬、助けが来てくれたのかと安堵《あんど》しかけたが、灯火《ともしび》に照らされたその表情に、淡い期待は消え失《う》せた。

「……何をしているんだ」

秋の舞姫にそっくりな――いや、いまはもう、それほど似ているようには見えない。

女房《にょうぼう》姿の少年が、顔を歪《ゆが》めて舌打ちする。

「父上！　この女、起きております」

少年が外に向かって、声をかけた。その足元をすり抜《ぬ》けて、餅麻呂が表へ出る。

「もう一度打っておけ！　――うわっ！　あ、あっちへ行け！　しっ！」

そこに宗宣がいるのだろう。餅麻呂を追《お》い払《はら》おうとしているようだ。染子は必死に上体を起こし、外に向かって叫《さけ》んだ。

「餅麻呂、そのまま梨壺《なしつぼ》へ戻《もど》って！」

「声を出すな！」

「あの子は宮様の猫よ。手荒《てあら》なことはしないで！」

「うるさい！」

少年が脂燭を持っていないほうの手で、妻戸を叩《たた》く。

「父上、猫など放っておいて、早くそれをお貸しください」

少年が染子を睨《にら》みながら、いら立った様子で父親を呼んだ。するとすぐに、少年の背後に人影《ひとかげ》が現れる。宗宣のようだ。

「……」

少年が受け取ったのは、抜き身の太刀《たち》だった。脂燭の炎を映して、刃《やいば》が光る。

あれが飾《かざ》り太刀だったとしても、使われたら怪我《けが》をしかねない。いや、怪我だけで済むとも限らない。

「ああ、やれやれ……。どうも猫は好かん。おい、ところで、いま梨壺と言わなかったか？」

「言ったのはこの女ですよ。梨壺で飼われている猫なのではありませんか」

「何？　それならあれは、鵺《ぬえ》の宮の猫か。ますます不吉《ふきつ》な……」

恐《おそ》れと、そしてわずかに侮蔑《ぶべつ》を含《ふく》んだ口調。染子は思わず、少年の背後の影を睨んだ。歯向《はむ》かう気配を察したのか、少年が中に入ってきて、染子の顔に刃を近づける。

「動くな。――父上、車はまだですか」

「来るはずだ。もう少し待て」

「日が暮れても女房が戻らないとなると、麗景殿《れいけいでん》の者たちが怪《あや》しみますよ」

「こんなところまで捜《さが》しに来るまい。……それにこの女、鵺の宮の気に入りらしい。麗景殿にいなければ、梨壺にいるとでも思うだろうよ」

今度の口調は、恐れよりも侮蔑が勝っていた。それも、やけに下卑《げび》た声色《こわいろ》で。

いったい何が言いたいのか。染子が怒《いか》りのあまり絶句していると、少年が少し冷ややかな目で、ちらりと父親を見た。

「鵺の宮というのは、御所《ごしょ》では物《もの》の怪《け》扱《あつか》いされているという、主上《おかみ》の弟宮でしたね」

「そうだ。出《い》で立《た》ちもふるまいも、何もかも尋常《じんじょう》ではない。おまえもここにいるうちは、遭遇《そうぐう》しないよう、よくよく気をつけろよ。……おお、そうだ」

名案を思いついたような様子で、宗宣が手を打つ。

「麗景殿のほうで、女房が一人いなくなったと騒《さわ》ぐなら、鵺の宮に関わったために、鬼か物の怪にでもさらわれたのだと、触《ふ》れまわっておけばいい」

「なっ――」

思わず声を上げてしまった。少年は切っ先を動かしかけたが、染子がとっさに身を引いて距離を取ると、少年は不快そうに顔をしかめ、少しだけ太刀を下げる。

「大声を出すな」

「宮様を悪者にするつもり？」

言えば斬《き》られるかもしれない。だが、黙って聞き逃《のが》すこともできなかった。少年がまた父親を振り返る。

「悪者にするも何も、鵺の宮はもともと、悪《あ》しき皇子《みこ》ではないか」

宗宣は両腕を大きく広げ、小馬鹿《こばか》にしたように言った。

「主上のお子と、その母となるはずだった妃《きさき》が亡《な》くなられたのは、鵺の宮のせいだというではないか。それだけではない。鵺の宮の元服《げんぷく》の日に、いったい何人の殿上人《てんじょうびと》が死んだ？　あのように恐ろしく忌《い》まわしきことが――」

「ちょっと」

自分でも自分の声とは思えないほどの、低く強い口調で、染子は宗宣の話を遮《さえぎ》っていた。

「何よ、それ。……何のことなの」

「知らんのか？」

宗宣は驚《おどろ》いた様子で首を前に突《つ》き出し、それから短く笑った。

「は！　……知らなかったとは、めでたい女よ。なるほど、知らないから物の怪とも懇意《こんい》になれたか。いっそ憐《あわ》れな」

「父上」

少年がたしなめるように呼んだが、宗宣は構わず話を続ける。

「知らんのなら教えてやろう。五年――いや、六年前か。主上がまだ東宮《とうぐう》であらせられたころ、東宮妃であった左府《さふ》どのの姫君が、めでたく御懐妊《ごかいにん》されたのだ。ところが何とも残念なことに、産まれたばかりのお子と東宮妃は、産屋《うぶや》の内で亡くなられてしまった」

「……それがどうして宮様のせいになるんです」

悲しいことだが、そういう話は殊更《ことさら》に珍《めずら》しいというわけでもない。それに東宮妃が左大臣の娘だったなら、産屋も左大臣の邸宅《ていたく》に作られたはずだ。左大臣とは縁《えん》のない暁平が、東宮妃の出産に関わるとは思えない。

「呪詛《じゅそ》したのだそうだ」

宗宣は何故か勝ち誇《ほこ》ったように、そう告げる。

「東宮妃に皇子が産まれてしまったら、鵺の宮が次の東宮となることはないからな。産まれてくるお子が邪魔《じゃま》だったのだろう。まったく恐ろしい――」

「宮様がそんなことするはずないでしょ！」

またも叫んでしまったが、少年は、今度は動かなかった。

「呪詛なんて……宮様はそんなことするような方じゃないわ」

「しかし、現に東宮妃は亡くなった。鵺の宮の呪詛のせいだと、もっぱらの噂《うわさ》だ」

また噂か。

「まぁ、その噂があればこそ、鵺の宮が東宮となることはないのだがな。源大納言《げんのだいなごん》はさぞ落胆《らくたん》したろうが、当の鵺の宮が馬から落ちてあのようになったのも、天罰《てんばつ》に違いない。そのうえ元服の日の宴《うたげ》では、大勢が倒れて死に、祝うどころではなくなったと聞いているぞ。見るも無残な光景だったそうだ。宴に出ていた者たちが、ばたばたと倒れ――」

「つまり、どちらもあなたがその目で見たわけじゃないのね」

何があったにせよ、いまこの場で、それが暁平のせいだと断言できるような話ではない。染子はこれ以上ないほど強く、宗宣を睨みつける。

「それなら、わたしは宮様を信じるわ。わたしの知ってる宮様は、人を呪《のろ》うような方じゃないし、弟に姉のふりをさせるような人の話なんて、本当だと思えない」

「何だと?」

宗宣は笏《しゃく》を振り上げるような素振《そぶ》りを見せたが、少年のほうは、ぴくりとも動かなかった。

染子は肩で息をしながら、ゆっくりと少年に目を向ける。

「……あなたも、大変だったわね。人前にも出られないし、喋《しゃべ》るのにも気を遣《つか》ったでしょう。ずいぶん我慢《がまん》して、窮屈《きゅうくつ》な思いをしてたんじゃないの?」

静かに語りかけると、ふいに少年が、ひどく心細そうな表情になった。

「……私は……」

かすれた声でつぶやいたきり、太刀を持った少年の腕が、だらりと下がる。それに気づいた宗宣が、慌《あわ》ててその手から太刀を奪《うば》った。

「おい、何をしている。気を抜くな！」

「……父上」

「もうすぐ車が来る。この女を捨てに行くぞ」

「父上、姉上は、もう帰ってきませんよ」

灯《あか》りに照らされた少年の顔は、疲《つか》れ果《は》てているように見えた。……きっと、本当に疲れているのだろう。

「姉上は、あの男と逃げたんです。更衣《こうい》になって、主上の寵《ちょう》を競うより、好いた男と一緒《いっしょ》になるほうを選んだんですよ。……戻ってくるはずがない」

「何としてでも捜し出すと言っているだろう！」

「私はもう嫌です」

「何を馬鹿《ばか》なことを」

「……誰か――――っ!!」

再び始まった口論の最中、染子はいま出せる限りの声で叫んだ。

「誰か助けて、誰か――――――!!」

「やめろ、この女……！」

太刀を手にした宗宣が摑《つか》みかかってくる。染子は顔を伏《ふ》せながらも、身をよじって開け放したままの妻戸のほうへと逃げようとした。

宮様——

背中に何かがぶつかるような、重い衝撃《しょうげき》を感じた。はずみで床《ゆか》に額を打ちつける。正体のよくわからない大きな音や声が、耳に幾《いく》つも入り混じって響《ひび》き、一瞬、意識が遠のいた。

「っ……」

最初に気づいたのは、犬の鳴き声だった。……そう、犬だ。猫を逃《に》がしたと思ったら、犬が入ってきたのだろうか。

染子はのろのろと、首をねじ曲げた。額が痛い。腕も背中も。

すぐ側に、少年が座り込んでいた。両手でしっかりと脂燭を握《にぎ》りしめてはいるが、その横顔は呆然《ぼうぜん》としている。どうやら背中にぶつかってきたのは、少年だったようだ。

もう少し頭を動かすと、誰かに向かって吠《ほ》え立てる黒い犬が見えた。仰向《あおむ》けに倒れている、あれは宗宣だろう。そして、その横に立っている——

「……」

厳しい眼差《まなざ》しと、きつく引き結んだ唇。

振《ふ》り向いた暁平の表情は、染子がこれまで目にしたことのないものだった。

……宮様……よね？

そこにいるのが本当に暁平なのか、染子は懸命《けんめい》に目を凝《こ》らす。

暁平はたった二歩でこちらに近づくと、染子を抱《かか》え起こし、手首を縛《しば》っていた紐《ひも》を手早く解いた。揺《ゆ》れる脂燭《しそく》の火に照らされて、その顔は、よりいっそう険しく見える。

暁平は、ずっと無言だった。

ひと言も発しないまま染子を抱《だ》き上げ、呆《ほう》けている少年と太刀を握ったまま倒れている宗宣を一瞥《いちべつ》して、そのまま妻戸《つまど》から外へ出る。黒い犬が尻尾《しっぽ》を振りながら、後をついてきた。

建物から出ると、急に辺りが明るく感じられて、染子は目を瞬《まばた》かせる。乾《かわ》いた風が吹《ふ》きつけて、思わず首をすくめると、暁平は染子を風からかばうように、体の向きを変えた。

月明かりに目が慣れて、染子はそっと、暁平を見上げる。

やはり、暁平だ。顔つきこそ険しいが、面差《おもざ》しも、この香りも、間違《まちが》いなく暁平だ。

「……宮様……」

暁平がここにいるというだけで嬉《うれ》しくて、染子が顔をほころばせると、暁平は少し目を細め、表情を和《やわ》らげた。

「今度は……助けてくださったって……思って、いいですか……」

偶然《ぐうぜん》ではなく。

遊んでいたつもりでもなく。

心配して駆《か》けつけてくれたと、思ってもいいだろうか。

「……少し休むといい」

それまでずっと黙っていた暁平が、静かに告げた。

低く落ち着いた、一度は聞き違いかと思った、あのときの声で。

「源大納言を呼んでいる。後のことは、すべてそちらに任せるから、きみは何も心配することはない。……もう大丈夫だ」

「……」

染子は、深く息をついた。埃《ほこり》まみれの頬《ほお》に、ひと筋、涙が流れる。

いま、とても大事なことを考えなくてはいけないはずだった。だが張りつめていたものがすっかり切れてしまったせいか、意識が急に沈《しず》み始める。

暁平に体を預けたまま、染子はいつのまにか眠りについていた。

目が覚めたときにはすっかり夜が明けていて、しかも起きた場所は麗景殿《れいけいでん》ではなく、二条《にじょう》の有道邸《てい》だった。

昨夜、宗宣らによって自分が閉じ込められていたのは、宣耀殿《せんようでん》ではなく、こちらも無人の桐壺《きりつぼ》だったのだという。奇《く》しくも豊明節会《とよのあかりのせちえ》の日、暁平に連れまわされた果てに辿《たど》り着いたのと、同じ殿舎だった。

暁平に救出され、安堵《あんど》して眠り込んでしまった自分は、その後暁平と有道によって麗景殿に運ばれたものの、あまりに酷《ひど》い姿に、これはゆっくり休ませたほうがいいだろうと女御《にょうご》に判断され、急遽《きゅうきょ》二条から織子が迎《むか》えに来て、寝ている自分を車に乗せ、有道邸に連れていったとのことだった。

暁平は自分を麗景殿に届けると、すぐ姿を消してしまったとかで、そこからは畳《たたみ》に寝《ね》かされたまま運ばれたらしく、迎えに来た織子と付き添《そ》ってくれた和泉が、二条に着いて顔を拭き髪を洗い、衣《ころも》を剝《は》ぎ取りもしたのに、よくそれでも起きなかったものだと、半分呆《あき》れ、半分感心しながら話してくれたのは、ついさっきのことだ。たしかに、まだ乾ききらない髪は重く、顔もさっぱりしている。どうしてまるで目を覚まさなかったのか、自分でも不思議だが、おそらくそれほど疲れていたのだろう。

ちなみに、何故《なぜ》坂上の家に帰らなかったのかといえば、こんなにぼろぼろの状態の自分を芳実が見たら、大騒《おおさわ》ぎして始末に負えなくなるはずだから——という理由だったようだ。織子も有道も、この騒動《そうどう》を芳実に話すつもりはないとのことで、たしかにあの兄には、一生黙っておくほうがいいように思う。

和泉は、自分が目覚めたことを女御に報告するからと、麗景殿に戻《もど》ってしまった。髪が乾くまでもう少し寝ているように織子に言われ、染子は日当たりのいい南廂《みなみびさし》の隅《すみ》で、横になっている。動くと体のあちこちが痛んだが、気分は落ち着いていた。

和泉の話では、昨夜、自分を抱えて麗景殿に現れたときの暁平は、いつもどおりの様子で、いったいどうやって自分を見つけるに至ったのか、そこで何があったのかなどはいっさい言わず、ただ見つけた見つけたとはしゃいでいただけだったらしい。

暁平は、麗景殿ではいつものふるまいをしていたのだ。

だが自分は今度こそ、暁平のもうひとつの声を聞いた。いや、もしかしたら、あの声こそが暁平の、本当の声かもしれない。

「……」

染子は手を伸ばし、自分の髪を触《さわ》ってみた。だいぶ乾いてきている。そろそろ起き上がれるだろう。

起きられたら、まず、有道に訊《き》いておきたいことがあった。

昼を少し過ぎたころ、染子は帰宅していた有道と対面した。世話になった礼を言うと、有道は染子に大きな怪我《けが》がなかったことを喜び、こちらから尋《たず》ねる前に、宗宣とその息子のことについて話し始めた。

「とりあえず、藤宰相《とうのさいしょう》は家に帰した。物忌《ものい》みだということにして、当分出仕《しゅっし》しないように言い含《ふく》めてある。……しかし、元服《げんぷく》前の息子に姉の代わりをさせていたとはな。昨日和泉から別人かもしれないという報告を受け、まさかと思い藤宰相を捜《さが》していたのだが、このようなことをしでかして……」

有道は脇息《きょうそく》に片肘《かたひじ》を置き、手にした扇《おうぎ》で膝頭《ひざがしら》を軽く叩《たた》きながら、ため息をつく。

「……代わりをさせたのは、秋の君が、好きな人と逃げてしまったから……ですね？」

「知っていたのか」

有道は、そうだと言って頷《うなず》いた。

「藤宰相はだんまりを決めこんでいるが、息子がすべてを喋ったよ。息子のほうは、姉には恋人がいるらしいと薄々《うすうす》気づいていたようだが、藤宰相はまったく知らなかったらしい。主上《おかみ》のお目に留まったと大喜びしていたら、当の娘が豊明節会から自邸《じてい》に帰る途中、恋人と行方《ゆくえ》をくらませてしまったのだから、それはもう大慌《おおあわ》てだったろう」

それで顔立ちのよく似た弟を代わりに仕立てて、当座をしのごうとしたのか。

「……弟君は、いまどうしているんですか？」

「今日のところはまだ登花殿《とうかでん》で更衣のふりをしているが、明日には病《やまい》ということにして、家に戻ると言っている」

「そうですか……」

あの少年は、姉のふりを続けることに心底疲れ果てていたのだろう。昨日、太刀《たち》を手にしてはいたが、結局最後には、それを使うのを放棄《ほうき》していた。あれは父親に抗《あらが》う気持ちもあったのかもしれない。

「私も下手《へた》に騒《さわ》いで大事にするより、せっかく主上のお召《め》しがあったが、体調が思わしくないので、更衣を辞することになった、という方向で収めたほうがいいと思ってね。藤宰相は無念だろうが、まぁ、このことが主上に知れて、御不興《ごふきょう》を買うよりはましだろう」

「……では、主上には……」

「お気の毒だが、諦《あきら》めていただくしかあるまい。もし姫君を捜し出し、無理に恋人と仲を引き裂《さ》いて、あらためて更衣《こうい》として召し出したところで、左右大臣方からの風当たりが強いことに変わりはないし、寵《ちょう》を独占《どくせん》できるわけでもないだろうしな」

「……そうですね」

秋の舞姫《まいひめ》は御所《ごしょ》で帝《みかど》の寵愛を競うより、密《ひそ》やかに恋人と暮らすほうを選んだのだ。いまどこかで幸せに過ごしているなら、どうかそのままでいてほしい。あの穏《おだ》やかで控《ひか》えめな人に、争いは似合わない。

「そういうわけだから、この件はこれで終わりだ」

有道が扇を、ぱちりと鳴らした。

「で、どうする？　衛門。いや、三の君」

「……はい？」

「もともとは、更衣の様子を探《さぐ》ってほしいということも含めて頼んだ宮仕えだ。三の君にはずいぶんと、嫌《いや》な思いも怖《こわ》い思いもさせてしまったことだろう。私もそれは、すまなかったと思っている。だから、女房《にょうぼう》を続けるのも辞めるのも、好きにして構わない」

「……」

染子は少しうつむいて、膝《ひざ》の上に置いた手を見つめる。

宮仕えを続ければ——暁平の近くにいられる。

だが、その前に、やはり確かめておきたい。

「……お尋ねしてもいいですか」

「ん？　何をだ？」

「兵部卿宮《ひょうぶきょうのみや》様のことを。……昨日、藤宰相様が言っておられたんですが……」

染子は宗宣が話していたことを、そのまま有道に伝えた。東宮妃《とうぐうひ》を呪詛《じゅそ》したという噂《うわさ》。元服の日の宴《うたげ》で大勢が倒れたという噂——

「……わたしには、信じられません。わたしの知ってる宮様は、とてもそんなことをなさる方じゃありませんから」

「そうか。……そうか」

二度つぶやいて、有道は薄く笑った。それから脇息に頬杖《ほおづえ》をつき、しばらく黙っている。

染子は、有道が続きを言うのを待っていた。背後で何羽もの、雀《すずめ》の鳴き声がする。簀子《すのこ》に下りてきているのだろうか。

「……もちろん、宮が呪詛をしたことなどない」

　ややあって話し出した有道の顔からは、もう笑みは消えていた。

「亡き東宮妃は、左大臣の姫君だ。伝え聞いたところでは、もともとそれほど丈夫だったわけでもなく、懐妊《かいにん》中も状態は良くなかったらしい。何とか出産はしたものの、難産で、結局は残念な結果になった。……その後、どの女御もまったく懐妊の兆《きざ》しが見られないのは、亡き東宮妃の無念が強すぎるからではないか、などと言う者もいるようだがな」

　それもまた、噂なのだろう。染子はそっと息をつく。

「とにかく、そもそも宮は東宮になりたいという望みを持ってはおられないし、私も宮をいずれ帝にして、権勢を振《ふ》るおうなどという野心はない。政《まつりごと》が滞《とどこお》りなく行われ、世の中が平穏《へいおん》無事ならそれでいいのだ」

「……でも、噂のようなことを言う人たちは、そうは思っていないということですか」

「万が一こちらが野心を持てば、自分の地位が脅《おびや》かされてしまうと考えている者は、警戒《けいかい》して根も葉もない噂ぐらいは流すだろうな」

　有道の口元が、皮肉っぽく歪《ゆが》んだ。

「それに、先の帝が宮をずいぶん目にかけて、可愛《かわい》がっておられたのも事実だ。先の帝はいまでも、いずれ宮を東宮に――という望みは持っておられる」

「……でも、それは……」

暁平が落馬してあのようになった後、そういった話はなくなったのではなかったか。

有道は苦笑《くしよう》して頷く。

「望んではおられるが、大きく主張されているわけではないからな。……それから、元服の宴で大勢が死んだという話は、どうやら幾《いく》つもの話が混じってそのような噂になったようだな。まず、その宴は宮の元服の前に催《もよお》されたものだ」

「……え」

頬杖をやめて、有道は眉根《まゆね》を寄せつつ、腕を組んだ。

「四年前のことだ。当時の公卿《くぎよう》の一人が自邸で宴を開いたのだが……何か傷んだ物があったようで、宴に呼ばれた者たちのうち七人が倒れ、そのうち四人が死んだ。私もその宴に呼ばれていたが、たまたま出かける直前に穢《けが》れに当たって、その日は外出を控《ひか》えたのがかえって幸いして、難を逃《のが》れたのだ」

「……まぁ……」

思わず染子は、袖《そで》で口を覆《おお》う。有道も淡々《たんたん》と喋《しやべ》ってはいたが、やはり表情は、幾分《いくぶん》暗かった。

「当時はだいぶ騒ぎになったが、三の君は、まだ宇治にいたかな。……ああ、たしかその騒動の少し後に、都に戻ってきたのだったな」

「存じませんでした……」

「大声で話すのもはばかられることだったから、耳に入らなくても不思議はないな。宮の元服は、その後だ。それに元服の宴はごく内輪のみで行われたから、大勢というほど人はいない。同じころのことだから、いつのまにか話が混じったのだろう」

それにしても、悪意のある話の混ぜ方だ。呪詛の噂といい、まるで暁平を悪く言うために噂を作っているようではないか。

「……」

まさか――そうなのか。

本当に誰かが、意図的に暁平を悪者に仕立てようとしているのか。

染子の表情から察したのか、有道が静かに笑う。

「さっきも言ったように、宮に東宮になられては困るという者たちがいるのだ。阻止《そし》するためには、悪評も流すということだな」

「そんな……そんなこと、放っておいていいんですか？　宮様は何も悪くないのに」

「放っておきたくはないが……まぁ、いろいろあってな」

「……」

急に歯切れが悪くなった有道に、染子は唇を噛《か》んだ。いったい何があれば、暁平をそのように悪し様《あざま》に言って許されるというのか。腹立たしかったが、有道の表情から、噂を否定したくてもできない何かがあるようにも見える。

思えば御所《ごしょ》の内で、暁平はずいぶん恐《おそ》れられ、疎《うと》まれていた。びっくりするような言動が理由ではあるのだろうが、そこまで避《さ》けられていたのは、悪い噂のせいもあったのかもしれない。

何年も、皆に誤解されたまま。

「……もうひとつ、お伺《うかが》いしていいですか」

「構わんよ」

染子は少しのあいだ目を伏《ふ》せ、そして、顔を上げる。

「……宮様は、本当にあのような方なんでしょうか」

「ん？」

「尋常《じんじょう》ではないふりを、しているだけではありませんか」

昨日、自分を助けに来てくれたときの様子。木に登って動けなくなっていた自分にささやかれた、一度は聞き違《ちが》いかと思った言葉。……初めて会った日の去《さ》り際《ぎわ》、連れまわしてごめんと詫《わ》びた、あの声。

どうしてか、あれが暁平なのだと思えてならないのだ。

何も被《かぶ》らず髪を振り乱《みだ》し、泥《どろ》の中に手を突っ込み、人を追いまわす。そういった、普段《ふだん》見せている奇怪《きかい》な行動のほうが、偽《いつわ》りなのではないかと。

別に、どちらでもよかった。

どちらが本当の暁平であっても、暁平を嫌う気は起きないし、暁平の近くにいられたら、嬉《うれ》しいと思う。だから、どちらでも構わないのだ。

ただ、もし己《おのれ》を偽っているのだとしたら、そのわけが知りたい。それだけだ。

「……」

有道は表情を変えなかった。じっと染子を見据《みす》え、黙っていた。

やがて有道は、大きく息を吐《は》く。

「そうか。……とうとう『鵺《ぬえ》の宮』にも、綻《ほころ》びが現れたか」

「……亜相《あしょう》様？」

「三の君は、宮が好きかね」

さらりと問うたその意味が、ただ人としての好意のことを言っているのか、恋心の有無《うむ》のことなのか、わからなかった。だが、染子は何の躊躇《ちゅうちょ》もなく答えていた。

「はい。好きです」

「そうか。……それで、宮仕えはどうする？」

「続けたいです。続けさせてください」

「わかった」

何か吹《ふ》っ切れたように、有道は大きく頷《うなず》く。

「それなら、話そう。……これも三の君が宇治にいたころの、昔話だ」


日暮れ間近に、染子は麗景殿《れいけいでん》へ戻《もど》った。初めはもう体は大丈夫なのか、無理してはいけないと、女御《にょうご》にも女房仲間らにも心配されたが、染子のすっきりした様子を見てどうやら大丈夫と判断したのか、明日から、いつもどおりの女房の仕事をすることになった。

今日のところはまだ休んでいていいと言われ、東廂《ひがしびさし》の自分の局《つぼね》に戻ろうとすると、和泉がついてきて、周囲に誰もいないのを確かめるように辺りを見まわしつつ、廂の隅《すみ》に染子を引っぱっていく。

「ねぇ、今朝は訊《き》けなかったんだけど――」

二条までついてきて、織子とともに世話を焼いてくれた和泉は、ひと足早く、朝のうちに麗景殿に帰ってきていた。

「昨日、いったい何があったの？　藤宰相《とうのさいしょう》たちがあなたを桐壺《きりつぼ》に閉じ込めたっていうのは聞いてるけど。どうしてあなた、梨壺《なしつぼ》の宮様に運ばれてきたのよ？」

「どうしてって……宮様が、わたしを見つけてくださったからよ？」

「あたし、あなたがいなくなったから、梨壺まで捜《さが》しにいったのよ。でも、あなたは来てないって言われて……。それからあなたが戻ってくるまで、そんなに時間は経《た》ってないわよ？　いったいあの宮様、どうやってあなたを見つけたのよ」

「どうやってかは、わたしも聞いてないからわからないわ。梨壺と桐壺は近いから、すぐ見つけられたのかも。あ、そういえばわたし、誰か来てって叫《さけ》んでたわ。宮様に聞こえたのかしらね」

「和泉？」

染子がにっこり笑うと、和泉はため息をついて肩をすくめた。

「……あなた、よっぽどあの宮様と縁《えん》があるのかしら」

「そうね。そうなのかも」

笑顔の染子に、和泉も苦笑する。

「あなたのことだから、御礼《おれい》、言いにいくんでしょ？」

「ええ、もちろん」

「もうすぐ暗くなるから、行くのは明日になさいよ？」

猫たちに餌《えさ》をやってくるからと、和泉は奥の部屋に戻っていった。入れ替《か》わりに、女官たちが何人かやって来て、燈籠《とうろう》に火を入れたり、格子《こうし》を下ろしたりと、まめまめしく働いていく。

女官たちが去ったころ、染子は自分の局に戻り、文箱《ふばこ》を開けた。

白梅の檜扇《ひおうぎ》に、ほのかな『梅花』の香り。

「……」

深く吸い込んだ香りが、心の奥底に染みていく。

縁が、あったのだろうか。

ならば、それを大切にしたい。

染子は白梅の扇を持ち、局を出た。そのまま薄暗い渡殿《わたどの》を抜《ぬ》けて、梨壺に入る。

いつのまにか、雪が降ってきていた。辺りは静かすぎるほど静かで、物音ひとつも聞こえない。

染子は妻戸《つまど》を押すと、声はかけずに中へ入った。静かすぎて、自分の衣擦《きぬず》れの音でさえ気になるくらいだ。ここにもすでに灯《あか》りが点《とも》り、格子も閉められている。だが、人の気配がない。近くに女房《にょうぼう》はいないのだろうか。

そのとき、ふいに少し先の御簾《みす》が動き、隙間《すきま》から白い大きな猫が、姿を覗《のぞ》かせた。

「……餅麻呂……」

ちゃんとここへ帰ってきていたのだ。ほっとして、染子が手を伸ばそうとすると、餅麻呂はすぐに頭を引っ込め、御簾の内に消えてしまう。

「待って……」

思わず駆《か》け寄ると、御簾の向こうで小さな物音が聞こえた。

「……ん？　どうした、餅麻呂」

低い声。

御簾の隙間から、垣間見《かいまみ》えた。……燈台《とうだい》の灯りの下、文机《ふづくえ》の前に座る、後ろ姿。振り返った暁平と、目が合った。ほんの一瞬だけ驚《おどろ》いた表情を見せ、しかしすぐに子供のように無邪気《むじゃき》に笑う。

「あれぇ、小染の君。どうしたの？」

「……」

甲高《かんだか》い声。……作っているように見えない、作った笑顔。

ふいに、この人はずっと独りだったのだと思った。もちろん、有道のように事情を知っている者は、何人かいるのだろう。だが、こんなふうに、不自然に見えないほど易々《やすやす》と変化してみせることができてしまうようになるまで、どれほどの葛藤《かっとう》を、独り心の内で越《こ》えてきたのか――

「……小染の君？」

体ごとこちらを向いて、暁平が首を傾《かし》げる。さりげなく後ろ手に隠《かく》したのは、書物だったようだ。

「……入っても、いいですか？」

「いいよー？」

染子が御簾をくぐると、暁平は少し離れたところに置いてあった火桶《ひおけ》を引っぱってきた。餅麻呂が暖《だん》を求めて、その火桶の側にうずくまる。

「……昨日は、ありがとうございました」

あえていつもより暁平の近くに腰を下ろし、染子は一礼した。

「ありがとうって何？　隠れて遊んでたこと？」

やはり、今度もとぼけるつもりのようだ。染子は微笑《びしょう》を浮《う》かべ、静かに頷く。

「よく、わたしの居場所がわかりましたね」

「あれねぇ、犬。松丸っていうんだけど、すごーく鼻が利《き》くんだよ」

「犬が、わたしの匂《にお》いを辿《たど》って？」

「帰ってきた餅麻呂から、小染の君と同じ匂いがしたんだよねぇ」

移《うつ》り香《が》を頼《たよ》りに、犬に捜させたのか。どうりで、餅麻呂が逃げてから間なしに来てくれたはずだ。

染子は懐《ふところ》に差していた扇を抜き、暁平の前に置いた。

「何ー？」

「宮様がくださった扇です。……香《かお》り、付けていただきたくて」

「ああ、このあいだ言ってたっけ。うん、いいよ。でも私は薫《た》き方がよくわからないから、明日、女房に頼んでおくよ」

そう言って、暁平は扇を取り上げる。自ら薫いて見せることはしないようだ。

染子は黙って、暁平の面差《おもざ》しを眺《なが》めていた。暁平は手慰《てなぐさ》みに扇を開いたり振《ふ》ったりしていたが、さすがに無言の視線が気になったのか、ちょっと口を尖《とが》らせる。

「何？　どうしたのー？」

「……昨日、梨壺にいた女房を憶《おぼ》えていますか？」

「あー、いたねぇ。誰だか知らないけど」

「駆け落《お》ちしてしまった姉君の代わりをしていた、弟君だったそうです」

「へぇ、男だったんだ？」

「短いあいだでも、やっぱり女人のふりは大変だったみたいです。とても疲れているように見えました」

「だろうねぇ」

「……六年ずっと御自分を偽るのは、もっと大変でしたよね」

扇を閉じようとしていた手が、微《かす》かに揺《ゆ》れた。

だが、表情までは動かない。

「亜相《あしょう》様に、伺いました」

「……」

「宮様が、源氏《げんじ》の家を、お母君を……宮様にお味方するすべての人たちを守るために、六年前から、物狂《ものぐる》いのふりをしておいでだと……」

当時の帝《みかど》が退位を決めたのは、七年前のことだった。帝は東宮《とうぐう》に譲位《じょうい》するにあたり、最愛の麗景殿の女御が生んだ弟宮、暁平を次の東宮にするよう求めた。だがそのときにはすでに東宮妃が懐妊《かいにん》しており、帝の意向に表立って反発はできなかったものの、産まれてくる子が皇子《みこ》であることを願っていた左右大臣方と弘徽殿《こきでん》の皇后にとっては、その条件は受け入れ難いものだった。

譲位と東宮妃の出産が近づく中、有道のもとに、ひとつの密告がもたらされた。

弘徽殿の皇后が、麗景殿の女御と暁平親王《しんのう》を呪詛《じゅそ》している。左右大臣たちも、もし東宮妃が皇子を産めなかった場合、源氏方が暁平の立太弟《りったいてい》を確実にするため、東宮を廃《はい》そうと謀反《むほん》を起こす準備をしている、と言いがかりをつけ、有道を罪に陥《おとしい》れるつもりでいるようだ、と――

弘徽殿の皇后が呪詛をしているという、直接の証拠《しょうこ》こそ見つからなかったが、そのころ麗景殿の女御はたしかに体調を崩《くず》し、臥《ふ》しがちだった。帝が病の女御を気遣《きづか》えば気遣うほど、皇后の嫉妬《しっと》は深まり、左右大臣方も暁平の存在を疎《うと》んじる。

そしてとうとう、東宮妃の出産を迎《むか》えた。無用の争いは天下の混乱を招く、避《さ》けるべきと考えていた有道も暁平も、東宮妃の子が皇子である可能性を考慮《こうりよ》して、次の東宮の件は保留にするよう帝に進言していたが、東宮妃の出産は、最悪の結果となってしまった。このままでは本当に、こちらが謀反の濡《ぬ》れ衣《ぎぬ》を着せられてしまう。

そんなときだった。暁平が落馬して、頭を打った。

幸い怪我《けが》はなかったが、ほどなく御所《ごしょ》中が大騒《おおさわ》ぎになるような、奇異《きい》なふるまいを見せるようになってしまった。有道は驚き心配して、何とかして治るよう手をつくしたが、その甲斐《かい》もなく、暁平の奇行《きこう》は続いていた。せめて御所の内で騒動《そうどう》は起こさせるまいと、二条の邸宅《ていたく》で引き取っても、いつのまにか抜け出して、内裏《だいり》に戻っている始末。

だが半年ほどが経ったころ、暁平は突然、有道に真顔で告げたという。――これで誰も、私を東宮にしようとは思いません。もはや左大臣《さだいじん》も右大臣も、謀反の濡れ衣を着せてまで、源氏を陥れようとは考えていないでしょう。

実際、暁平の奇行が知れ渡ると、帝は嘆《なげ》いたが、左右大臣方は呪詛が効《き》いたものと思い込み、ほくそ笑《え》んでいたらしかった。ほどなく次の東宮は立てないままで譲位が行われ、弘徽殿《こうきゆう》の皇后は大后《おおきさき》として後宮に座し、他の女御らは皆、御所を去った。

しかし、暁平は自らの意思で梨壺に留まった。その偽《いつわ》りの奇行を常に左右大臣方に見せつけ、当代の帝に皇子が誕生するまで、いまだ東宮となる望みなしと思わせ続けるために。源氏の家と、それに連なる数多《あまた》の人々の、平穏《へいおん》な暮らしを守るために。

六年、たった独りで盾《たて》になってきたのだと――

「……大納言《だいなごん》も、口が軽いな」

咲《さ》き初《ぞ》めの白梅を見つめ、暁平が低くつぶやいた。

「わたしが、宮様が御自分を偽っておられるわけを教えてくださいって、お願いしたんです。亜相様からお話しになったのではありません」

「……」

「亜相様、笑っておいででした。こっちは半年も騙《だま》されていたのに、って。わたしがすぐ気づいたのは、宮様のほうに、あんまり隠す気がなかったからじゃないかって」

「……そんなことはない」

どこか不機嫌《ふきげん》そうに言って、暁平は額に落ちてきた髪を掻《か》き上げる。聞いたことのない、ちょっとぶっきらぼうな口調がかえっておかしくて、染子は小さく笑った。

「もし、宮様がわたしには隠す気がおありでなかったのなら、嬉《うれ》しかったんですけど」

「……嬉しいのか」

「はい。だって、わたしが特別みたいで」

答えると、暁平は少し表情を和《やわ》らげ——だが、すぐに険しい顔になった。

「このことを承知しているのは、大納言と乳兄弟《ちきょうだい》の景之と、ここの女房どもだけだ」

「はい。誰にも言いません。約束します」

「親兄弟にもだぞ」

「言いません。……だって本当は、どっちでもよかったですから」

「……？」

　暁平が扇を閉じた音が、静かな部屋に響《ひび》く。

「わたし、知りたかっただけなんです。宮様がわたしを何度も助けてくださったのが、宮様のお考えでのことか、遊びの中の偶然《ぐうぜん》だったのか」

「……」

「それが知りたかっただけで、宮様が変わった方でも、そんなふりをしている方でも、どっちでもよかったんです」

「……」

「ありがとうございました。……助けてくださって、嬉しかったです」

　染子がにこりと笑うと、暁平は目を逸《そ》らした。灯りに照らされた横顔は、美しく、そしてやはり、どこか寂《さび》しげに見える。

「……帰りなさい」

「え？」

「もう、ここへ来てはいけない。前にも言っただろう。……私はこれからも、偽りの姿を続けなくてはならない。このままでいるうちは、私に関わると良からぬ噂《うわさ》を立てられる」

「わたしは平気です」

「駄目《だめ》だ。左衛門大尉《さえもんのだいじょう》が悲しむぞ。麗景殿にも迷惑《めいわく》になる」

「……」

「こちらの猫が迷い込んでも、もう放っておいていい。……いいね。二度と私に関わってはいけない」

「嫌です」

暁平が言わんとしていることは、わかっていた。実際、そうするべきなのも。

だが、染子は首を横に振っていた。

「わたしは、宮様のお側《そば》にいたいです。そんなこと言わないでください」

「駄目だ」

「……先に関わったの、宮様のほうじゃないですか！」

染子は思わず声を上げ、暁平の前に詰《つ》め寄った。

「節会《せちえ》のときに、わたしを担《かつ》いで連れまわしたのは誰ですか。他にも大勢いたのに、わたしを選んでさらったのは、宮様じゃないですか！」

「……それは、悪かった」

「いまさら謝るくらいなら、あのときどうして、もっと怖《こわ》い人になってくれなかったんですか！」

叫《さけ》んでいるうちに自棄《やけ》になってきて、染子はさらに暁平ににじり寄る。暁平はその勢いにのまれたのか、面食《めんく》らった様子で目を瞬《まばた》かせた。

「……私は充分《じゅうぶん》、怖がらせたつもりだったぞ」

「嘘《うそ》です。全然怖くなんかなかったですっ。扇貸してくれたりなんて、やさしいじゃないですか！」

「……きみが案外、肝《きも》が据《す》わっていただけだろう」

「いいえ。宮様のせいです！　だいたい宮様は、いつもいつもいつもやさしくって、ちっとも怖くなんか——」

ふいに手首を摑《つか》まれ、床《ゆか》に引き倒《たお》される。

気がつくと、仰向《あおむ》けになった自分を、暁平が覆《おお》い被《かぶ》さるようにして見つめていた。

「……きみは五節の舞姫《まいひめ》だろう」

怒っているような声と、不機嫌な眼差《まなざ》し。

それなのに、やはりとても悲しげに見えるのは、何故《なぜ》だろう。

「舞姫は天女だ。……穢《けが》れた場所に下りてはいけないと、わからないか」

「……」

「帰りなさい」

手首を押《お》さえつけていた力が緩《ゆる》み、暁平が離れようとする。染子はとっさに、その手を掴んだ。

「帰れません」

「まだそんなことを――」

「天に帰る衣《ころも》をなくしました。……宮様がお持ちです。帰れと仰《おつしや》るなら、衣をお返しください」

「……私は持っていない」

「いいえ。間違《まちが》いなくお持ちです」

暁平の手を握《にぎ》りしめ、決して目を離さないようにひたと見据《みす》え、染子は挑《いど》むように告げる。

「教えてください。どうして、わたしだったんですか。他の舞姫でも童女《わらわ》でもなく、何故わたしを連れていったんですか」

「……」

「偶然だなんて、言わないでくださいね。……宮様は何もかもお考えの末に、いつも動いておいでなんでしょう」

「……」

鼻の奥が、刺《さ》すように痛んだ。少しでも気を抜《ぬ》いたら涙がこぼれてしまいそうで、染子は必死に目を見開いて、暁平の返事を待っていた。

とても長く感じられた沈黙は、本当はどれくらいの時間だったのか。

暁平が目を閉じて、深く息をつく。

「……夢を見たかっただけだ。少しのあいだだけ……」

「夢……」

「いつまでこんな真似《まね》を続けなくてはいけないのか、先が見えない。自分で覚悟《かくご》して決めたことだが……」

「……」

「私の隣《とな》りに恋人がいて……そういう真似事をしてみたいと……」

「……」

束《つか》の間《ま》でも、恋人のつもりでいてくれたのか。

あの微笑《ほほえ》みは、褒《ほ》めてくれた言葉は、たしかに自分に向けられたものだと、信じていいのか。

染子は唇を引き結び、勢いよく起き上がると、そのままぶつかるように暁平の胸にしがみついた。

「！　小染――」

「染子、です」

「……」

「御存知《ごぞんじ》ですよね。だから、小染と呼んでくださってたんですよね」

息をすると、やわらかな香りが胸に満ちる。

途惑《とまど》っているのか、引き離《はな》すでも抱《だ》き寄せるでもなく、暁平は染子の肩に手を添《そ》えていた。

「……秘密の恋じゃ、いけませんか」

親さえ知らなかった秋の舞姫の恋は、きっとそういうものだったのだろう。誰にも気づかれぬよう、密《ひそ》やかに育《はぐく》み、密やかに貫《つらぬ》いた。

「わたしは、宮様のお側にいたいです。……誰にも内緒《ないしょ》でいいんです」

「……」

顔を上げると、暁平と目が合った。染子が微笑みを向けると、暁平は、一度きつく眉根《まゆね》を寄せ――そして、天を仰《あお》いで苦笑《くしょう》する。

「……とんでもない天女がいたものだな」

「宮様？」

「知らないぞ、どうなっても」

何が、と訊《き》き返すことはできなかった。

肩にあった手が、するりと背にまわり、強く抱き寄せられる。自然と仰のいた顎《あご》を指先で捉えられ、口づけられた。

「……」

こぼれた息が触《ふ》れ合った瞬間、もう一度唇が重ねられる。

あたたかな手に頰《ほお》を包まれ――染子は暁平の直衣《のうし》の袖《そで》を、固く握りしめた。


染子と和泉のもとに、有道を通じて秋の舞姫からの文《ふみ》が届けられたのは、登花殿《とうかでん》の更衣《こうい》がその役目を辞してから、数日後のことだった。代わりをしていた弟のほうではない、正真正銘《しょうめい》、自分たちと一緒《いっしょ》に五節舞《ごせちのまい》を舞った、あの秋の君からの文であることは、微《かす》かに薄様《うすよう》から匂《にお》う、菊の花の香りで察することができた。

文には、駆《か》け落ちした恋人は、身分こそ低いが都で官人《かんにん》として働いており、場所は明かせないが、いまは夫婦として一緒に暮らしていること、その夫から染子と和泉が登花殿に自分を訪ねてきたらしいこと、そして自分がいないのに誰かが自分のふりをしていることを聞き、それはおそらく瓜二《うりふた》つの弟だろうと思ったことなどが書かれていた。

そして最近「更衣」が家に戻《もど》ったと聞いて、せめて訪ねてきてくれた染子と和泉にだけは消息《しょうそく》を知らせたくて、夫に頼んで、麗景殿《れいけいでん》と繋《つな》がりのある有道に文を託《たく》したということらしかった。

誰の目にも触れないよう、読んだらこの文は燃やしてほしいという秋の舞姫の望みどおり、染子と和泉は、菊の香りの薄様を火桶《ひおけ》で燃やした。そして一度だけと決めて、二人で返事をしたためた。

どうか幸せに――と。

舞姫仲間として秋の君の穏《おだ》やかな暮らしを願い、染子と和泉はただ一度の返事を有道に頼んで、そしてその行方《ゆくえ》がうっかり人の耳に入らないよう、あの美しく控《ひか》えめな姫君の話は、二度と口にしないことにした。

年の暮れが近づき、寒さも日ごとに増してきている。麗景殿は相変わらず、女御《にょうご》も女房《にょうぼう》たちも、のんびりと日々を過ごしていた。

「衛門――」

和泉に呼ばれ、火桶の側で縫《ぬ》い物《もの》をしていた染子が振《ふ》り返る。

「え、何？」

「あそこで顔を出したり引っ込めたりしてるの、あなたのお兄様じゃない？」

「……またぁ？」

ため息をついて立ち上がり、御簾《みす》越《ご》しに庭を見ると、東南の角にある門の陰《かげ》から、ちらちらとこちらを窺《うかが》う深緑の袍《ほう》を着た人影《ひとかげ》があった。……兄だ。

頻繁《ひんぱん》に訪ねてくるのはやめてほしい、こちらにもそれなりに仕事があって、忙《いそが》しいときもあるのだから、用もないのに呼び出さないようにと、きつく言ったら、最近は物陰《ものかげ》から様子を窺うようになった。面倒《めんどう》くさいことこの上ない。

「声かけたら？　顔だけでも見せてあげないと、お兄様、あのまま凍《こお》っちゃうんじゃない？」

「昼間から凍らないでしょ」

「でも鬱陶《うっとう》しいじゃない」

「……」

それはそうだ。

染子は仕方なく御簾をくぐり、簀子《すのこ》に下りた。雪の白さがまぶしくて、顔をしかめながら庭に向かって叫ぶ。

「兄様、今日も何もないわよ。わかったら帰ってね！」

「……おまえ、せっかく訪ねてきた兄に向かって、その態度は……」

「用事、ないんでしょ。だったら――」

まぶしさに目が慣れて、染子が顔を上げたとき、門から半分顔を覗《のぞ》かせて、何やらぶつぶつつぶやいている芳実の後ろに、背の高い人影を見つけた。

「……兄様、本当にもう帰ったほうがいいわよ？」

「私はいま来たばかり……」

「でも、あんまりここにいると……怖い人に、追いかけられるかも？」

「あ？」

染子の視線の先を追い――芳実は、悲鳴を上げて一目散《いちもくさん》に逃げていく。背後に立っていた暁平は、今日は何かの獣《けもの》の毛皮を被っていた。

「何だ、もう逃げたのかぁ。せっかく出てきたのに……」

「あったかそうですね。黒貂《くろてん》ですか？」

「これはねぇ、実は火鼠《ひねずみ》なんだよ。あ、内緒だよ？」

「まぁ、すごい」

染子は高欄《こうらん》に頬杖《ほおづえ》をつき、くすくす笑う。

外では、誰が見ているかわからない。……だから『鵺《ぬえ》の宮』と、物怖《ものお》じしない女房のままでいるのだ。

「つまらないなぁ。左衛門大尉《さえもんのだいじょう》は最近逃《に》げ足が速いんだよ」

「今日も寒いですし、追いかけるのはまた今度にされたらどうですか？」

「そうだなぁ。足も冷たいし」

よく見ると裸足《はだし》だ。……まったく、無茶をする。

「じゃあね、小染の君」

「はいはい」

「あ、そうだ」

これあげる、と言って暁平は腕を伸ばし、染子に椿《つばき》の葉を一枚渡すと、裸足で雪を踏《ふ》み、梨壺《なしつぼ》へと戻っていく。

染子は、その後ろ姿を黙って見送った。

「……今日は、何をもらったの？」

御簾の内から和泉が、呆《あき》れ顔で声をかけてくる。

「椿の葉。きれいよ？」

「このあいだは、ただの石ころだったわね。その前は枯れ枝一本。それに比べたら、今日はましなのかしら？」

「何だっていいのよ。ただ何かあげたいだけなんだと思うわ」

「それにしても、もう少し楽しいものを探してきてくれればいいのにね。……まぁ、あの宮様だから、仕方ないかしらね」

苦笑して奥へ戻っていく和泉は、何も知らない。

渡すものは、本当に何だっていいのだ。……今夜待っているという、言葉の代わりなのだから。

「……はい。行きますね」

誰にも聞こえないようにささやいて、染子はそっと、移《うつ》り香《が》の甘く匂う椿の葉に、微笑みを刻んだ唇を寄せた。

# あとがき

こんにちは。深山です。久しぶりの平安モノです。

踊《おど》る女の子が書きたいなー、平安で踊る女の子といえば五節《ごせち》の舞姫《まいひめ》か白拍子《しらびょうし》あたりだな、じゃあ五節の舞姫のほうにしよう、と、ここまではよかったのですが、問題は男性キャラのほうでした。以前平安モノを書いたとき当時の担当さんから、烏帽子《えぼし》は（ビジュアル的に）若い子には受けないから……と言われたことがありまして。もう若くない深山は、そういうものなのか、いや、でも平安成人男子が何も被《かぶ》らないのはどうなんだろう……と、正直躊躇《ちゅうちょ》したのですが、最終的に「被り物については作中で触《ふ》れない」というところで落ち着きました。

そして再びの平安モノです。さて今度はどうしよう。ビジュアル的には確かに何も被っていないほうが映《は》える。でも何も被ってなければ（当時の常識的に）ものすごく恥《は》ずかしい人。そういえば前にお公家《くげ》さんを描《か》いた春画《しゅんが》を見たときにも（何故《なぜ》そんなものを見たことがあるのか、というツッコミは御容赦《ごようしゃ》願います。そして春画って何？という方は、どうぞそのまま清らかにお育ちください。決して御両親などにお尋《たず》ねになりませんように）お公家さん素《す》っ裸《ぱだか》なのに、烏帽子だけはキッチリ被ってた。そんなときでさえ脱《ぬ》がない被り物とは、もはや平安成人男子にとって、最後の砦《とりで》なのではないか。そこまで大事な被り物を脱ぐということは、よほどの事情のある人か、よほどの変な人しかいないのではないか。……よし、ヒロインの相手は変な人にしよう。

もちろんそういうわけにはいきませんので、「よほどの事情がある変なイケメン」というところで落ち着かせました。

イラストは、今回もサカノ景子先生に描いていただきました。お忙《いそが》しい中、本当にありがとうございました！

そして担当様、いつもお世話になっております。御迷惑《ごめいわく》おかけしました。

また、お手紙をくださいました皆様《みなさま》も、ありがとうございます。すべて読ませていただいております。本当に励《はげ》みになります。

それでは、またどこかでお目にかかれましたら幸いです。

深山くのえ

♡本書のご感想をお寄せください♡

〒101－8001　東京都千代田区一ツ橋二－三－一
小学館ルルル文庫編集部　気付
**深山くのえ**先生
**サカノ景子**先生

小学館ルルル文庫

恋《こい》染《ぞめ》変《へん》化《げ》花絵巻

2013年 1月30日 初版第1刷発行

著者 深山くのえ

発行人 丸澤 滋

責任編集 大枝倫子

編集 坂口友美

発行所 株式会社小学館
〒101-8001 東京都千代田区一ツ橋2-3-1
編集 03(3230)5455 販売 03(5281)3556

印刷所
製本所 凸版印刷株式会社



ISBN978-4-09-452247-1